Irena Dousková

Der tapfere Bella Tschau

Roman

Aus dem Tschechischen von
Mirko Kraetsch

Deutscher Taschenbuch Verlag

FSC
Mix
Produktgruppe aus vorbildlich
bewirtschafteten Wäldern und
anderen kontrollierten Herkünften

Zert.-Nr. GFA-COC-1298
www.fsc.org
© 1996 Forest Stewardship Council

Der Inhalt dieses Buches wurde auf einem nach den
Richtlinien des Forest Stewardship Council zertifizierten
Papier der Papierfabrik Munkedal gedruckt.

Deutsche Erstausgabe
Oktober 2006
Deutscher Taschenbuch Verlag GmbH & Co. KG,
München
www.dtv.de
© 2002 Irena Dousková
© 2002 Petrov
Titel der tschechischen Originalausgabe:
›Hrdý Budžes‹ (Nakladatelství Petrov, Brno 2002)
© 2006 der deutschsprachigen Ausgabe:
Deutscher Taschenbuch Verlag GmbH & Co. KG, München
Umschlagkonzept: Balk & Brumshagen
Umschlagbild: Lucie Lomová
Satz: Greiner & Reichel, Köln
Gesetzt aus der Bembo 11/13,5˙
Druck und Bindung: Kösel, Krugzell
Gedruckt auf säurefreiem, chlorfrei gebleichtem Papier
Printed in Germany
ISBN-13: 978-3-423-24547-0
ISBN-10: 3-423-24547-6

I

Wie die Olinka tot gewesen ist

Gestern ist ein wichtiger Tag gewesen. Gestern hab ich im Schulfunk ein tolles Lied gehört von einem Mann. Der hieß Bella Tschau und war ganz tapfer, und dann ist er gestorben. Das war furchtbar traurig. Ich bin auch manchmal traurig und hab Probleme, vor allem, weil ich so dick bin und weil immer alle über mich lachen. Aber gestern hab ich beschlossen, dass ich mich nicht unterkriegen lass. Ich will genauso tapfer sein wie der Bella Tschau.

Gestern ist aber auch eine unschöne Geschichte passiert. »Unschöne Geschichte« sagt nämlich immer der Direktor vom Theater. Den kenn ich, weil meine Mami Schauspielerin bei ihm ist und der Papi auch. Und wenn der Direktor seinen Leuten sagen will, dass etwas schlecht ist oder so, dann sagt er: »Genossen, es gibt da so eine unschöne Geschichte.« Ich kann den eigentlich nicht besonders leiden, weil er aussieht wie ein grinsendes Gespenst. Vor Gespenstern fürcht ich mich am allermeisten. Ich hab auch ganz schön Angst vor Teufeln und vor Hunden, weil mich mal einer ins Bein gebissen hat, aber das ist in Zákopy gewesen, beim Opi und bei der Omi. Trotzdem sag ich gern »unschöne Geschichte«, weil es mir gefällt.

Als wir gestern in die Schule gekommen sind, da hat uns unsere Lehrerin Frau Koláčková gesagt, na ja, eigentlich nicht, als wir in die Schule gekommen sind, sondern als der Unterricht vorbei gewesen ist, da hat sie uns gesagt, dass wir noch einen Moment still am Platz bleiben sollen, dass sie uns noch was sagen muss. Und sie ist so ernst gewesen, dass ich mir gleich gedacht hab, dass es jetzt bestimmt so eine unschöne Geschichte gibt.

Es ist noch gar nicht lange her, da hat sie uns schon mal gesagt, dass sie uns was sagen will, und dann hat sie den Hrůza an die Tafel gerufen und ihm ein Eis am Stiel gegeben, und der Hrůza hat so komisch geguckt, aber der guckt eigentlich immer so, ganz komisch. Und sie hat gesagt: »Kinder, euer Mitschüler Láďa Hrůza verlässt uns und geht in die Hilfsschule, also wollen wir für ihn noch mal schön Beifall klatschen.«

Und gestern hat sie uns dann gesagt: »Kinder, es ist etwas sehr Trauriges passiert, eure Mitschülerin Olinka Hlubinová ist gestorben, weil sie sehr krank war, am Herz.« Da haben wir alle einen Schreck gekriegt und dann sind wir nach Hause gegangen. Und jetzt muss ich die ganze Zeit da dran denken.

Die Olinka ist zwar nicht aus der 2 B wie ich, sie ist aus der A, aber trotzdem. Sie hat so kurze schwarze Haare und kann schrecklich schön malen. Ich kenn die gar nicht richtig, aber unsere Lehrerin hat uns oft Zeichnungen gezeigt, die die Olinka gemalt hat, weil sie so schön waren. Und jetzt ist sie gestorben, da seh ich sie wahrscheinlich gar nicht mehr wieder, aber die Zeichnungen kann uns unsere Lehrerin ruhig weiter zeigen. Das ist ganz schön komisch.

Zu Hause hab ich das gleich erzählt und hab gefragt, wie das kommt, dass sie gestorben ist, wo sie doch noch so ein kleines Mädchen ist. Ich weiß schon, dass jemand sterben kann und dann nie wieder nach Hause und überhaupt nirgends mehr hinkommt, aber vor allem, wenn er alt ist. Und ich hab auch gefragt, was das ist, »am Herz gestorben«. Das Herz soll angeblich die allerschlimmste Krankheit sein, und wenn jemand ein Herz hat, dann muss er fast ganz bestimmt sterben. Die Mami hat mir dann zwei Kekse gegeben, wahrscheinlich, weil ich so traurig gewesen bin wie ein Schlosshund. Da hab ich mich gefreut und bin trotzdem noch traurig gewesen.

Vor den Ferien ist mir das auch passiert. Ich hab mich gefreut, weil ich Einsen auf dem Zeugnis hatte und wir dann Torte essen gegangen sind. Sonst darf ich nämlich keine Torte essen, weil ich so dick bin. Und da hab ich mich gefreut und auch, weil Ferien gewesen sind, aber ich war traurig, weil sie uns gesagt haben, dass unsere Hortnerin Olga Jeřábková gestorben ist. Doch die hat sich selber gestorben. Das haben sie uns nicht gesagt, das haben sie mir zu Hause erzählt, dass sie sich vergiftet hat. Mit Gas. Und sie ist explodiert und auch das Haus, wo sie drin gewohnt hat, ist explodiert, und deswegen sind noch ein paar andere Leute mit gestorben. Und ich weiß gar nicht, warum, sie ist nämlich nett und lustig gewesen und ich konnte sie gut leiden, weil sie mich beschützt hat, als ich der Zdenka mal in die Hand gebissen hab, weil ich mit ihr zum Mittag keine Zweierreihe bilden wollte. Ich hatte Angst, was ihre Mutter mit mir macht, die Frau Klímová, wenn sie sie im Hort abholen kommt und die angebissene Hand sieht. Die Frau Klímová ist auch Lehrerin bei uns in der Schule, aber sie gibt bei den großen Kindern Russisch. Und die Zdena hat geheult und ich hab mich im Hort lieber unter den Tisch gesetzt und auch geheult, bis mich unsere Hortnerin zu sich genommen hat und mich beschützt hat.

Bloß, die Kačenka, so sag ich nämlich zu meiner Mami, die Kačenka hat auch nicht gewusst, warum sich unsere Hortnerin das angetan hat. Zum Papi hat sie dann in der Küche gesagt, dass diese Schweine sie in den Tod getrieben haben. Da hat sie wahrscheinlich die Russen gemeint oder vielleicht die Kommunisten. Die Russen und die Kommunisten sind nämlich Schweine, aber das darf man nicht sagen. Die Kačenka und die Andrea Kroupová, die sagen das trotzdem immer und sie singen so ein Lied gegen die Russaken, »Es tönt das Horn, der Hirsch entspringt, bevor der Stalin trifft«, und die Kačenka will mich nicht zu den Jungpionieren lassen, das sollen nämlich kleine Kommunisten sein. Ich kenn mich da nicht so aus, aber von uns geht da die ganze Klasse hin und ich will auch. Ich geh schon zum Zeichnen, zum Deutsch und zum Ballett, weil ich so dick bin, deswegen muss ich zum Training. Aber zu den Jungpionieren will ich auch.

Zum Deutsch geht niemand, bloß ich alleine, zur Frau Freimanová, die ist letztes Jahr meine Lehrerin in der ersten Klasse gewesen und dann ist sie in die Rente oder wohin gegangen. Jetzt ist sie nicht mehr unsere Lehrerin in der Schule und sie unterrichtet bei sich zu Hause bloß noch mich.

Zum Ballett gehn viele Kinder, vor allem Mädchen, aber die sind alle ganz, ganz hübsch und niemand da ist dick, bloß ich, und deswegen lachen sie mich immer aus. Ich hab dort auch eine Freundin. Das ist die Frau, die uns das Tanzen beibringt. Sie ist eine Bekannte von der Kačenka aus dem Theater. Sie sagt dort durch, wer auf die Bühne soll, und man nennt sie Inspizientin. Früher ist sie eine richtige Balletttänzerin gewesen, doch jetzt ist sie auch dick.

Am besten von allem ist der Zirkel für bildende Kunst beim Herrn Pecka im Kulturhaus, dort fühl ich mich wohl. Da zeichne ich und male und vor allem modelliere ich. Das wird dann im Ofen gebrannt und ist eine Plastik. Zum Herrn Pecka gehn auch andere Kinder hin, aber meine Sachen haben ihm so gut gefallen, dass er die Kačenka dazu überredet hat, dass sie mich abends gehn lässt, wenn die Erwachsenen kommen. Deswegen mach ich jetzt Plastiken mit alten Künstlern statt mit Kindern. Nur ein kleiner Junge, der Nečka Pacák, darf auch kommen. Der Herr Pecka hat einen Plattenspieler, und wenn gemalt wird, dann macht er den Mozart an. Das soll der allerbeste Musikkomponist sein, den's auf der ganzen Welt gibt, so was wie der Bedřich Smetana, aber noch viel besser. Obwohl, die Andrea Kroupová, das ist auch eine Schauspielerin vom Theater und die Freundin von der Kačenka, die hat gesagt, dass das nicht stimmt, dass der allerallerbeste irgendein anderer mit B ist. Ich glaub Bachofen. Die unterhalten sich da auch immer über so interessante Sachen. Wenn ich groß bin, will ich Bildhauer werden.

Gestern hat der Herr Pecka erzählt, dass man jetzt angeblich Hosen trägt, die aussehn wie Glocken, oben schmal und eng und unten weit und ganz bunt. Aber er will sich nicht zum Kasper machen, hat er gesagt, und solche Hosen trägt er nur über seine Leiche. Mir gefallen die auch nicht. Schließlich ist der Herr Pecka aus Prag und er ist Bildhauer!

Die Andrea Kroupová hat schon solche Hosen und sie ist richtig hübsch, aber die Kačenka ist viel, viel hübscher. Die Andrea hat mir gesagt, dass eine Frau niemals Bildhauer werden kann, aber der Herr Pecka sagt, dass eine schlaue Frau alles werden kann, was sie will.

Ich find die Frau Freimanová ganz, ganz schlau. Vor allem, weil sie Deutsch kann und auch, weil sie Sachen sagt, die mir helfen, wenn ich was nicht aus dem Kopf krieg wie gestern das mit der Olinka. Als mich in der ersten Klasse die Kačenka bei der Kirche zur Christenlehre anmelden wollte, hat ihr das die Frau Freimanová auch ausgeredet. Ich würde so schon genug Probleme kriegen, hat sie gesagt. Und genau die Probleme in meinem Kopf hat sie da gemeint, und die hab ich ja nun wahrscheinlich ganz bestimmt.

Als ich gestern vom Deutsch nach Hause gegangen bin, da

war's schon dunkel und das Wetter ist ganz, ganz toll gewesen, es hat nämlich furchtbar geschneit und der Wind hat geweht und alle Schaufenster waren beleuchtet und überall war schon die Weihnachtsdekoration drin. Deswegen bin ich ganz langsam gegangen und hab mich gefreut. Und ich hab auch ein bisschen Schnee gegessen, das darf ich, der ist überhaupt nicht süß, und ich hab Spuren gemacht. Und dann bin ich eine Weile vor dem Schreibwarenladen stehn geblieben, weil mir der am besten gefällt, und ich hab mir die tollen Buntstifte angeguckt, die so gut riechen, und das Zeichenpapier und die verschiedenen Farben und Lieblingssachen von mir. Auf dem Schaufenster ist unten so Raureif gewesen mit Blümchen und Sternchen, da hab ich meine Handschuhe ausgezogen und mit dem Finger aufs Glas geschrieben: »Liebes Christkind, bitte bring mir die Filzer, wo so viele drin sind, auch einen rosanen und einen orangen, und Plastiline, wenn's geht. Ich will auch ganz artig sein. Dankeschön. Helena Součková, Antonín-Zápotocký-Str. 429, Ničín-O.«

Und dann wollte ich noch ein bisschen gucken und Schnee schnüffeln, aber da hab ich auf einmal gesehn, dass die Olinka Hlubinová im Schaufenster steht und mich ganz schrecklich böse anguckt. Sie hat ein langes weißes Kleid angehabt und ein weißes Gesicht und sie hat ein Blatt Papier in der Hand gehabt, auf dem überhaupt nichts stand, das auch bloß ganz weiß gewesen ist. Ich wollte wegrennen, aber ich konnte nicht.

Die Olinka hat gesagt: »Gib mir meine Wasserfarben wieder, sonst spuke ich bei dir, so lange, bis du auch tot bist.« Und ich hab gesagt: »Olinka, bitte nicht böse sein! Ich hab dir keine Wasserfarben weggenommen. Ich bin doch gar nicht in deiner Klasse. Ich hab doch bloß die alten, die mir die Kačenka für die erste Klasse gegeben hat.« – »Jemand hat mir meine Wasserfarben geklaut und jetzt kann ich nicht malen«, hat die Olinka da gesagt und ist richtig sauer gewesen. »Dann geb ich dir eben meine, wenn du willst«, hab ich gesagt und meinen Ranzen abgesetzt und der Olinka die Farben gegeben. »Na gut, und du musst schwören, dass du nie so schön malst wie ich«, wollte die Olinka. »Ich schwör's dir!« Also hab ich geschworen und bin dann schnell nach Hause gerannt, was jetzt wieder ging. Und zweimal bin ich hingefallen.

»Helča, du siehst mal wieder aus wie 'n polnischer Jude«, hat sich die Kačenka mit lauter fremden Wörtern über mich aufgeregt. »Die Jacke falsch geknöpft, der Schal schleift auf der Erde, die Mütze hast du in der Tasche und ganz nass bist du auch. So ein kluges Mädel, und kommt daher wie aus der Hilfsschule.« Aber das ist noch gar nichts gewesen. Als später die Frau gekommen ist und den Beutel mit meinen Hausschuhen gebracht hat und die Handschuhe und die Wasserfarben, die ich der Olinka gegeben hab, da war's dann noch viel schlimmer. Ich soll mal nachdenken über mich, hat sie gesagt, dabei denk ich doch eh schon andauernd nach.

2

Wie der Pepíček in der Hölle gewesen ist

Mir ist schon richtig nach Weihnachten! Das ist zwar noch schrecklich lange hin, fast vierzehn Tage, aber ich muss die ganze Zeit dran denken. Bloß dumm, dass die Kačenka dauernd wieder sauer ist auf mich, und das passt mir natürlich gar nicht, gerade jetzt vor der Bescherung. Womöglich denkt das Christkind, dass ich schrecklich ungezogen bin, wo das doch gar nicht stimmt, ich hab bloß lauter Missverständnisse. Das mit dem vergessenen Zeug und davor das mit den Bleistiften und den Radiergummis, aber die sind nicht vergessen gewesen, die haben sie mir in der Schule geklaut, ich hab ihr das nur nicht erzählt. Wenn ich das nämlich gesagt hätte, dann wär die Mami gleich wieder in die Schule gerannt, und das will ich nicht.

Da können sie mich dann gleich doppelt so doll nicht leiden wie sowieso schon nicht. Das kommt davon, weil ich dick bin und weil ich vom Theater bin, aber der Jarda Lagrón und der Robert Lagrón, die sind aus der Schießbude und das stört auch keinen, die sind nämlich bloß über den Winter bei uns in der Klasse, und manchmal lassen sie unsere Jungs umsonst schießen oder Karussell fahren.

Und auch wegen der Sache mit den Namen. Ich heiß nämlich in Wirklichkeit gar nicht Součková, so wie die Kačenka, sondern Freisteinová, so wie der Karel Freistein, der so was wie mein Papi gewesen ist. Dabei ist das aber gar nicht mein Papi gewesen, ich kenn den nämlich überhaupt nicht und er kennt mich auch nicht und er wohnt auch überhaupt nicht hier. Ich soll ihn aber irgendwie im Blut haben.

Dabei habe ich immer bloß die Kačenka gehabt, und jetzt gibt's noch den Pepa und den Pepíček, und der Pepa, das ist mein richtiger Papi. Bloß, die Kačenka heißt immer noch Součková, weil sie Schauspielerin ist, und da macht man das so. Und der Pepa, der heißt Brďoch, und die Kačenka unterschreibt manchmal mit Součková und manchmal mit Brďochová oder auch mit Součková-Brďochová. Bloß ich heiß Freisteinová und ich will das überhaupt nicht, und in der Schule lachen sie mich deswegen aus.

Unsere Lehrerin Frau Koláčková, als die im September noch ganz neu war und wissen wollte, wie wir heißen, da hat sie das ja schon gewusst, aber sie wollte es von uns hören, und als ich dann dran war, da hat sie gesagt: »Also nein, Kinder, habt ihr so was schon gesehn? Helenka hier heißt Freisteinová, ihre Mutter heißt Součková und ihr Vater heißt Brďoch. Also, so was hab ich auch noch nicht erlebt. Na, beim Theater sieht man das wahrscheinlich nicht so eng. Das ist wohl nicht dein richtiger Vater, was, Helenka?« Die ganze Klasse hat über mich gelacht, obwohl die das schon längst gewusst haben und vorher auch nicht gelacht haben, jedenfalls nicht deswegen.

Die Kačenka ist ganz wütend gewesen, als ich ihr das erzählt hab. Sie hat gesagt, dass das Dummköpfe sind, und sie ist zur Frau Koláčková gegangen und hat sie gebeten, dass sie nicht mehr sagt, dass mein Papi nicht richtig ist, und ob sie mich nicht Součková nennen kann, damit ich mit meinem Namen nicht so alleine bin. Meine Lehrerin hat ihr das auch versprochen, die ist ja nicht böse, die ist bloß nicht so vornehm wie meine Lehrerin davor, die Frau Freimanová, und wahrscheinlich kann sie nicht mal Deutsch. Aber im

Klassenbuch muss ich trotzdem Freisteinová bleiben, da kann man angeblich nichts machen.

Ich selber nenn mich ja Součková, zum Beispiel wenn ich dem Christkind schreibe oder sonst jemand, oder beim Bildhauern, und dem Herrn Pecka ist das recht. Aber die Jungs in der Schule, und eigentlich auch die Mädchen, die äffen die sowieso jedes Mal nach, die sagen zu mir Moppidick, das muss irgendein ganz fetter Fisch sein. Oder die sagen Atombombe. Und jetzt haben sie angefangen, und da dran ist die Koláčková schuld, dass sie mich Frankensteinová nennen. Da weiß ich noch nicht mal, was das bedeutet, da muss ich mal die Kačenka fragen. Aber vorsichtig, damit sie nicht gleich wieder in die Schule rennt.

Deswegen hab ich ihr das mit den geklauten Bleistiften und den Radiergummis eben lieber gar nicht erst erzählt, und jetzt sieht's so aus, wie wenn ich schrecklich ungezogen wäre.

Und dann ist mir auch noch das mit dem Pepíček passiert, als ich ihm gesagt hab, dass er in der Hölle ist. Das war, als der Pepíček im Bett lag und schon fast geschlafen hat, und ich hab neben ihm gesessen und dauernd vor mich hin gesagt: »Du bist in der Hölle. Du bist in der Hölle. Ich bin ein alter Teufel. Du bist in der Hölle.« Und es hat geklappt, der Pepíček hat das nämlich geglaubt und angefangen zu heulen. Doch dann ist die Kačenka gekommen und hat alles mitgehört, und sie hat sich aufgeregt, und jetzt ist sie stinksauer auf mich.

Bloß, ich hab das ja nicht böse gemeint, ich hab den Pepíček ja ganz doll lieb, ich wollte bloß ausprobieren, ob er mir das glaubt, wo er mich doch sieht, dass ich das bin. Ein richtiger Bildhauer muss nämlich jeden von seiner Wahrheit überzeugen können und die Kraft der Phantasie haben, oder irgendwie so. Das sagt der Herr Pecka immer, und das sollte eben die Kraft der Phantasie sein. Aber der Pepíček ist erst zweieinhalb und man darf an ihm angeblich nichts ausprobieren.

Ich bin froh, dass wir den Pepíček haben, obwohl ich ja eigentlich noch froher wäre, wenn er Marcel heißen würde. Aber der Papi und die Mami, die wollten nicht, er kann sie dann angeblich nicht mehr leiden, wenn er mal groß ist. Na, ich weiß ja auch nicht, warum, mir gefällt der Name. Ich hab einen Hasen, der heißt auch so. Der Pepíček heißt Pepíček nach dem Papi und nach dem Opa. Nach dem Prager Opa Brďoch, der Opi Souček aus Zákopy heißt František und mein Opa vom Freistein, da weiß ich nicht mal, wie der hieß. Aber der ist eh tot, auch die Oma dazu. Die hieß Helena, wie ich, das weiß ich. Die Omi Zákopy hat gesagt, dass sie im Krieg von den Deutschen umgebracht worden ist. Dass sie sie im Ofen gebacken haben oder so irgendwas, aber da weiß ich nicht, ob das stimmt. Wahrscheinlich bestimmt nicht. Die Omi findet, dass ich noch zu klein bin und noch nicht bei Verstand und sie sagt über den Freistein extra nette Sachen, damit ich ihn gut leiden kann. Aber ich kann den nicht leiden, bloß den Pepa. Dafür kann die Omi den nicht leiden, weil sie den Freistein so sehr mag und ihm Briefe schreibt, und auch deswegen, weil der Pepa will, dass ich Diät halte, damit ich nicht so dick bin. Und dauernd gibt's Streit. Aber ich bin bei Verstand und finde, dass der Pepa recht hat, obwohl ich die Torten und die Buchteln gerne esse, die die Omi Zákopy extra jedes Mal bäckt, damit sie mich im Kopf ganz wuschig machen kann.

Die Omi Zákopy ist ganz, ganz lieb, aber dickköpfig, und sie gibt viel zu viele Befehle, auch dem Opi. Nach Zákopy fahren wir jedes Wochenende und wir streiten uns dort jedes Mal ganz furchtbar, vor allem die Kačenka mit der Omi.

Deswegen will ich da eigentlich am liebsten gar nicht mehr hin, aber das geht nicht, weil wir uns doch lieb haben.

Und das ist alles bloß wegen dem Freistein. Die Omi schreibt ihm nämlich immer heimlich, dass ich traurig bin, dass ich Lungenentzündung hab, dass ich keine Buchteln krieg, aber gerne welche will, und das alles stimmt ja auch irgendwie, aber es stimmt eben auch nicht. Der Freistein ist in irgendeinem Ausland, das ist furchtbar weit weg und heißt Nujork. Und ich hab dauernd Angst, dass er mich vielleicht holen kommt. Der Herr Pecka fand das sehr lustig, als ich ihm davon erzählt hab, und er meinte, dass ich da wirklich keine Angst haben brauch. Aber ich find das nicht besonders zum Lachen, obwohl das so weit weg ist. Die Omi schreibt ihm schon noch so lange, wie traurig ich bin, bis er die Nase voll hat und herkommt.

Einmal hat er mir eine Puppe geschickt, die heißt Karla, nach dem Freistein, aber ich kann sie nicht leiden, deswegen nenn ich sie mit Nachnamen, Frau Nujorková. Nujork ist aber kein Land, das ist eine Stadt wie zum Beispiel Ničín, bloß, dort wohnen mehr Leute und das Land, das heißt Amerika.

Im Theater haben sie mal ein Stück gezeigt, das hieß ›Schande über Amerika‹ oder irgendwie so ähnlich und der Pepa und die Kačenka, die haben da drin irgendwelche bösen amerikanischen Menschen gespielt und sie haben gesagt, dass ihnen das überhaupt keinen Spaß macht, und mir hat das auch keinen Spaß gemacht. Da hat mir ›Oldřich und Božena oder Blutige Verschwörung in Böhmen‹ mehr Spaß gemacht, wo der Pepa einen Mörder gespielt hat, und da hab ich furchtbar Angst gehabt. Aber da bin ich noch klein gewesen und der Pepa ist noch der Herr Brďoch gewesen, und er ist bloß manchmal zu uns gekommen.

›Oldřich und Božena‹ hat der berühmte Schriftsteller

František Hrubín geschrieben, der hat auch ›Das Hühnchen im Kornfeld‹ geschrieben, und die Kačenka hat gesagt, dass er das gegen die Russen geschrieben hat. Wie zum Beispiel den ›Jan Hus‹, den haben sie auch gegen die gespielt, aber den hat nicht der František Hrubín geschrieben, sondern der Josef Kajetán Tyl, der hat auch die tschechoslowakische sozialistische Nationalhymne geschrieben, schon vor über hundert Jahren. Der František Hrubín ist erst vor kurzem gestorben und wir hatten ihn an der Wandzeitung. Jetzt haben wir auf der einen Seite die Große Sozialistische Oktoberrevolution und auf der anderen Weihnachten.

Gestern ist im Theater für die Theaterkinder Nikolaus gewesen, aber es ist gar kein Nikolaus gekommen, bloß der Herr Dusil und die Andrea Kroupová, und die haben so getan, wie wenn sie das Väterchen Frost und das Schneeflöckchen sind, und wir haben alle einen bunten Nikolausteller geschenkt gekriegt. Bei uns zu Hause ist aber ein richtiger Nikolaus gewesen mit dem Knecht Ruprecht und es ist schrecklich spannend gewesen, wie das ausgeht. Der Nikolaus hat nämlich gewusst, dass ich dem Pepíček gesagt hab, er ist in der Hölle, und vom Pepíček hat er auch alles gewusst. Und der Knecht Ruprecht hat schrecklich geknurrt und der Nikolaus hat ganz schön mit ihm zu tun gehabt, damit er uns nicht beißt oder in seinen Sack steckt und mitnimmt. Wir mussten Gedichte aufsagen und singen und der Pepíček hat geweint und ich hab auch furchtbar Angst gehabt. Aber als wir ihnen alles versprochen hatten, was sie wollten, da haben sie uns in Ruhe gelassen und uns die Geschenke gegeben. Da bin ich sehr froh gewesen! Trotzdem war es toll, wie der Nikolaus gerochen hat, so ein bisschen nach Theater, und doch war es ein richtig heiliger, abenteuerlicher Duft.

So, jetzt kommt bloß noch das Christkind und wir haben

nix mehr zu befürchten. Bevor wir nach Zákopy fahren, kommt der Opi Souček hierher und wir gehn auf die Heiligenhöhe die Krippen angucken, und ich muss noch furchtbar viel beten, damit das mit mir und mit der Plastiline was wird und damit alle immer lebendig bleiben. Vielleicht könnte ich das Christkind auch noch bitten, dass ich nicht mehr Freisteinová heiß, sondern Součková. Brďochová geht nicht, dann würden die wieder zu mir sagen: »Brrr doch!«, wie zu einem Pferd, und das würde mir ja nun auch nix nützen.

3

Wie der Fürst Přemysl und der Husák in Čáslav auf dem Klo gewesen sind

So! Da haben wir die Bescherung! Kann sein, dass es das Christkind gar nicht gibt! Ich hab Plastiline und Buntstifte und Filzer gekriegt, aber schon wieder nur die kleinen, und eine Puppe und ›Kater Mikesch‹ und noch ein Buch und irgendwelche langweiligen Anziehsachen. Und ich hab die Plastiline gesehn, wie sie hinten in der Speisekammer versteckt gewesen ist, als ich mir ein oder höchstens zwei Vanillekipferl nehmen wollte. Das hab ich nun davon!

In der Schule haben sie das schon längst gesagt, dass das bloß so ist, wie als ob. Die Krátká hat gesagt, dass die Erwachsenen die Geschenke bringen, und der Eliáš hat gesagt, dass ihn seine Großmutter jedes Mal fragt: Jiříček, was soll ich dir denn zu Weihnachten schenken, und dann schenkt sie ihm doch immer wieder Socken. Und angeblich weiß das ja sowieso jeder. Dafür glauben die andern Kinder dann wieder lauter solchen Unsinn wie zum Beispiel, dass den Jan Hus im Film ›Jan Hus‹, der mir ganz, ganz doll gefallen hat, ein Gefangener spielen musste, der zum Tode verurteilt war, weil sie den zum Schluss dann verbrennen. Da weiß ich natürlich, dass das nicht stimmt, das ist ein ganz normaler Schauspieler gewesen, der Zdeněk Štěpánek, der ist auch hinterher noch lebendig gewesen. Aber in der Klasse hat mir das niemand geglaubt, deswegen glaub ich denen auch nicht besonders. Ich finde, dass sie ganz schön dumme Mütter und Väter haben, lauter Bergleute und Maurer und Kommunisten. Bloß die Klímová, der ich in die Hand gebissen hab und die jetzt meine Freundin ist, und dann noch die Válová, jedes Mal, wenn die aufgerufen wird, dann wird sie rot und stottert, die haben als Vater einen Offizier oder Oberst bei der Armee. Und das sollen angeblich noch verschärftere Kommunisten sein, hat der Pepa gesagt.

Im Herbst haben sie uns so einen bescheuerten Bergmann auf einem Sockel vor die Schule gestellt und alle mussten da hin mit Blumen und Fähnchen, wie zum 1. Mai. Auch die Eltern. Aber die Kačenka und der Pepa, die sind mal wieder nicht hingegangen, und sie haben gesagt, dass sie überhaupt nicht neugierig sind auf irgendeinen Genossen Kumpelnik Uranowitsch. Deswegen musste ich alleine da hin, noch dazu mit der Kristýna Macháčková aus dem Nachbarhaus, die in die erste Klasse geht. Die Kristýna ist vom Herrn Doktor Macháček gebracht worden, das ist der Vater von ihr, der hat weiße Haare und einen weißen Bart und sieht aus wie ihr Großvater. »Also, Mädchen«, hat er zu uns gesagt, »geht mal hin, seid schön brav, hört gut zu und erzählt uns dann, wie's war.« Die Kačenka hat ihn gefragt, ob er sich die Bonzen nicht auch angucken geht, aber der Herr Macháček hat gesagt: »Wo denken Sie hin, gnädige Frau, ich bin Pathologe, die seh ich noch früh genug. Jetzt bleib ich lieber auf ein Tässchen Kaffee und ein Zigarettchen hier bei Ihnen.«

Die Kristýna wollte wissen, was das ist, ein Pathologe, aber der Herr Doktor hat geschrien: »Kristýna, Helenka, links um, vorwärts Marsch, wegtreten!«, und er hat uns aus der Tür rausgeschoben. Ich weiß auch nicht, was ein Pathologe ist, aber ich glaub, das heißt so was wie »geduldig«.

Von dem Bergmann bin ich direkt zum Theater gegangen, da sind wir verabredet gewesen, weil wir auf ein Gastspiel nach Čáslav gefahren sind. Das war am Freitag, die Omi Zákopy ist auf den Pepíček aufpassen gekommen, und ich durfte mit der Kačenka und dem Pepa mit. Die beiden haben schon vor dem Theater gewartet, und auch die Andrea Kroupová und der Luděk Starý und der Herr Dusil und der Herr Hák und die Lída Ptáčková und der Ťutim, das ist der Pudel von ihr, und der Regisseur Herr Kolář, das ist das Verhältnis von ihr, und noch andere Leute, mit denen wir uns gut leiden können und die in der ›Zähmung‹ mitspielen. Schon von weitem hab ich gesehn, wie sie dort stehen und sich unterhalten und Zigaretten rauchen und hin und her laufen. Und meine Laune ist immer besser geworden, wie jedes Mal, wenn ich mit den Eltern ins Theater darf und wenn ich mir das nicht mit einer schlechten Note versaut hab oder mit einem anderen Problem. Und das hab ich mit dem Bergmann nicht. Ins Theater geh ich fast jeden Tag, deswegen freu ich mich eigentlich jeden Tag. Und wenn wir auf Gastspiel fahren, dann ist das noch viel besser, besser als nach Zákopy fahren und fast noch besser als bildhauern.

Wahrscheinlich ist es das Allerbeste von der Welt. Bloß, als ich gesehn hab, dass der Pepa und die Kačenka sich mit dem Luděk Starý unterhalten, da bin ich ein bisschen mit den Nerven runter gewesen, wie die Omi Zákopy immer sagt, weil mir der Luděk Starý so gut gefällt, und die Kačenka weiß das und macht sich extra über mich lustig. »Helča, ein Verehrer bloß mit Abitur und mit so einem kleinen Kopf kommt mir nicht über die Schwelle!« Und sie sagt das in aller Ruhe sogar vor dem Luděk, extra. Ich muss jedes Mal fast heulen, weil ich mich so schäme, und ich bin wütend. Einmal, als die Kačenka gesagt hat, dass der Luděk immer eine Sonderbescheinigung dabei haben muss, dass er einen richtigen Kopf auf den Schultern hat und nicht einen Tennisball mit Schnurrbart, da hab ich sie geboxt und dann hat mir die Kačenka vor allen den Hintern versohlt. Danach hat's uns allen beiden leidgetan. Ich will ja nicht mit ihm heiraten, er ist nämlich schon verheiratet. Der Luděk sagt zwar zu mir immer: »Helenka, mach dir nichts draus, die Kačenka hat Angst, dass ich dich eheliche als meine nächste Frau, wenn ich mal geschieden bin, und sie gönnt uns unsere Liebe nicht, weil sie bis dahin schon eine alte Oma ist.« Ich weiß genau, dass das nicht stimmt, das ist bloß Erwachsenenspaß und die Kačenka hätte mich nicht verraten dürfen, wo sie doch weiß, dass ich noch klein bin und hässlich.

Aber im Theater macht das niemand was aus, das stimmt. Die können mich alle gut leiden. Zum Beispiel, wenn ich den Herrn Suchan treffe, das ist schon ein älterer Herr, der spielt Könige und alte Zauberer, dann bietet er mir immer einen Si-Si-Drops an und ich nehme ihn auch, er wäre nämlich traurig, wenn ich es nicht tun würde, und außerdem mag ich Si-Sis ja. Der Herr Vorel, der ist auch schon ganz schön alt, aber er hat eine junge Geliebte, die Míla, und er macht jedes Mal eine Verbeugung und sagt: »Küss die Hand, Komtess Helena.« Der Herr Vorel spielt Fürsten und Heerführer und Fabrikanten oder Direktoren von allem Möglichen. Je nachdem, was gespielt wird. Seine Míla, die ist Lehrerin, und einmal sind wir mit ihnen in Bulgarien gewesen. Sie soll jünger sein als die Kačenka, aber sie ist nicht so hübsch. Ich glaub, die könnte höchstens die Schwester von jemand spielen.

Auch der Herr Dusil, das ist ein Freund von der Kačenka und vom Pepa, obwohl der viel, viel älter ist und sie sich mit Sie anreden, der ist prima. Der Herr Dusil ist gekommen, als alle schon im Bus gewesen sind und sich Sorgen gemacht haben, wo er bleibt. Er hat gesagt: »Habe die Ehre«, und hat sich alleine hingesetzt, und er hat nicht mal Witze gemacht.

Der Fahrer, der Herr Klubko, der hat unterwegs das Radio angehabt, und im Radio haben sie mein Lieblingslied gespielt, das mit dem bemalten Tonkrug aus dem Schloss in

Krumlov von der Helena Vondráčková, und dann haben sie gemeldet, dass in Prag der Messepalast abgebrannt ist. Das ist schade, weil's in Prag so viele schöne alte Paläste gibt. Prag ist überhaupt wunderschön und außerdem die Hauptstadt. Dort gibt's den Hradschin und die astronomische Uhr und den zoologischen Garten, und ich würde gern da wohnen. Meine allerbeste Freundin Terezka Kulíšková ist nämlich da hingezogen, weil sie ihre Mutter, die Klára Frágnerová, im Nationaltheater aufgenommen haben. Das Nationaltheater, das ist genauso wichtig wie der Zoo und der Hradschin, und deswegen sind sie eben von Ničín nach Prag-Prosek gezogen. Ich bin schrecklich neidisch und hab ganz doll Sehnsucht.

Ob sie wohl für den Messepalast wieder bei den armen Leuten Geld sammeln gehn, so wie schon mal, als das Nationaltheater abgebrannt ist? Ich wollte noch die Kačenka fragen, aber da sind wir schon in Čáslav gewesen und ich hatte keine Zeit mehr.

In Čáslav ist der berühmte Hussist Jan Žižka gestorben, dem sie zugerufen haben: »Deckung!«, und dann haben sie ihm ein Auge ausgeschossen und dann noch mal bei der Burg Rabí. Ich weiß das vom Opi Zákopy, der bringt mir bei, dass ich mich in unserer ruhmreichen Geschichte auskenne. Čáslav ist eine uralte Kreisstadt.

Auf dem Klo in dem Hotel, wo wir gewohnt haben, da stand an der Wand:

In diesem Hause wohnt ein Geist,
der Geist vom Fürst Přemysl,
und jeden, der zu lange scheißt,
Přemysl in den Hintern beißt.
Mich hat er nicht gebissen,
ich hab ihm auf den Kopf geschissen!

Und da drunter:

Noch schlimmer als der Russak
ist bloß der Dödel Husák

Und noch weiter unten:

Machs mir von hinten!

Das hab ich nicht verstanden, also hab ich die Kačenka beim Abendbrot danach gefragt. Die Kačenka hat sich verschluckt und ist rot angelaufen, und sie hat gesagt, dass sie nicht weiß, was das bedeuten könnte. Der Pepa hat gesagt:»Sag bloß …«, und hat gelacht und der Luděk Starý und der Herr Dusil, die bei uns mit am Tisch saßen, die haben auch gelacht. Der Herr Dusil hat gemeint, ich soll mal die Andrea Kroupová fragen, die könnte das wissen, aber die Kačenka hat mir das verboten und gesagt: »Ihr solltet euch schämen, vor dem Kind hier!« Ich hab gesehn, dass sie ganz böse geguckt hat, da hab ich lieber nach gar nichts mehr gefragt, wir mussten sowieso los, ins Kulturhaus spielen gehn.

Es wurde ›Die widerspenstige Zähmung‹ gezeigt und die Hauptrolle spielt die Kačenka, aber der Pepa spielt nicht den Petruchio, der mit ihr geheiratet hat, sondern bloß den Diener von dem. Ich hab das mindestens schon fünfmal gesehn, aber das macht gar nix.

Als die Vorstellung vorbei war, da ist ein Mann zum Pepa gekommen, der ist früher mal mit ihm in die Schule gegangen, aber der Pepa hat ihn überhaupt nicht wiedererkannt. Doch der wollte trotzdem mit ihm reden. Da bin ich eben mit der Kačenka raus auf den Platz warten gegangen. Es ist warm gewesen und die Kačenka hat sich eine Zigarette angezündet und wir sind langsam immer rings rum gegangen und haben die Sterne angeguckt. Aus dem Kulturhaus sind noch Leute rausgekommen, aber ansonsten ist nirgends wer zu sehn gewesen. Ich wollte der Kačenka ein Gedicht aufsagen, aber als ich verraten hab, dass es vom Klo ist, da wollte die Kačenka es nicht hören. »Lieber nicht«, hat sie gesagt. Dann haben wir den Herrn Dusil gesehn. Er hat auf einer Bank gesessen, aber ganz komisch, eigentlich mehr gelegen. Die Kačenka und ich, wir sind schnell zu ihm hin. Er ist ein bisschen blutig gewesen und hat schwer geschnauft, aber als er uns gesehn hat, da hat er sich aufgesetzt und hat angefangen zu lächeln.

Die Kačenka ist ganz erschrocken gewesen und hat ihm schon von weitem zugerufen: »Karel, was ist mit Ihnen? Ist Ihnen was passiert?« Aber der Herr Dusil hat den Kopf geschüttelt und hat neben sich für uns Platz gemacht. »Nicht der Rede wert, meine Damen, nicht der Rede wert. Verzeihen Sie diese momentane Schwäche. Mir ist übel geworden, und da musste ich an die Luft.« – »Sie brauchen einen Arzt. Ich hole jemanden«, sagte die Kačenka. Das wollte aber der Herr Dusil nicht. »Unterstehen Sie sich, im Ernst! Damit würden Sie mich sehr böse machen. Aber ich danke Ihnen, Kateřina, ich weiß, Sie sind ein gutes Mädchen.« – »Sie sehen schlecht aus«, hat die Kačenka gesagt, »ich mache mir Sorgen um Sie.« Und sie hat dem Herrn Dusil über den Handrücken gestreichelt, glaub ich. »Das tut mir leid, vor allem für Sie. Glauben Sie mir«, hat er gesagt.

Ich hab überlegt, ob das alles nicht irgendwie gegen den Pepa geht, und mir hat das nicht besonders gefallen. Aber der Herr Dusil sah so aus, wie wenn ihm wirklich schlecht wäre, obwohl er so getan hat, wie wenn er lustig wäre. Er ist sogar aufgestanden und hat sich vor der Kačenka auf ein Knie gekniet.

Euch hatt' im Frühjahr ich erwartet …
Vom Horizont schien blauer Klang.
Und Strahlen spannte ich zu Saiten,
auf dass sich Eure Stimme darin fang'.
Nun sagt doch, wo habt Ihr geweilt?
Wer war Gebieter Euch in jenem Jahr?
Sagt, wessen Frühling habt Ihr dort geteilt?
Wer hat Euch so zerzaust das dunkle Haar?

Dann hat sich der Herr Dusil wieder hingesetzt und es war
Ruhe. »Die Kačenka ist aber blond«, hab ich gesagt. Und es
ist immer noch Ruhe gewesen. Da hab ich gesagt: »Herr
Dusil, ich sage Ihnen auch ein Gedicht: ›Noch schlimmer als
der Russak, ist bloß der Dödel Husák‹«. Die Kačenka ist aufgesprungen wie der Teufel aus der Kiste, aber da ist schon
der Pepa gekommen und der Luděk und die Kamila, die die
Bianca spielt, der Regisseur Herr Novotný und auch die Andrea Kroupová und der Evžen Beznoska, der Dramaturg.
Und wahrscheinlich haben sie mich gehört, weil sie gelacht
haben, und die Andrea hat mein Gedicht noch mal gesagt
und geschrien: »Das ist göttlich, Leute, das ist echt göttlich!«
Dann hat sie sich beim Beznoska eingehakt und hat gesagt,
dass alle zu irgendeinem Herrn Kubálek zu einer Feier eingeladen sind, und wer mit will, der soll Tempo machen. Und
alle sind mit, bloß wir natürlich nicht und der Herr Dusil
auch nicht. Auf dem Weg zum Hotel hat der Pepa gesagt:
»Kubálek, Kubálek … Ist das nicht zufällig der Genosse Kubálek, der vor der Vorstellung die Rede gehalten hat?« –
»Pepa«, hat der Herr Dusil gesagt und auf den Fußweg gespuckt, »dreimal dürfen Sie raten.«

4

Wie mich beinah die Wölfe gefressen hätten

Gestern Abend beim Bildhauerzirkel haben sie mich geärgert. Eigentlich bloß das Fräulein Monika, aber es ist dann eh alles hin gewesen. Ein Maler, der Herr Ingenieur Raroch, der hat sich gerade wieder mal verheiratet und hat zum Bildhauern allen möglichen Kuchen mitgebracht und jeder musste sich was nehmen. Alle außer mir und dem Nečka haben mit ihm angestoßen, damit die Hochzeit auch was wird, nicht wie letztes Jahr, damit er sich nicht andauernd wieder verheiraten muss. Und dann hat die Monika gesagt: »Wenn unsere Helenka mal Hochzeit macht, dann bringt sie uns bestimmt nichts mit, weil sie alles alleine aufisst.«

Mich würde mal interessieren, was da der Bella Tschau geantwortet hätte. Ich bin mir vorgekommen wie der Papagei, den ich vor kurzem in einem Naturfilm gesehn hab. Da gab's nämlich einen Papagei, der schon fast eingegangen war, und der ist nicht wie die anderen Papageien bunt gewesen und so länglich, sondern bloß braun und rund, und dazu konnte der noch nicht mal richtig fliegen. Der ist bloß so auf dem Boden rumgeflitzt, da hat er's natürlich furchtbar schlecht gehabt. Der hat auf einer Insel in Australien gewohnt und von dem gab's bloß noch ganz, ganz wenig. Angeblich ist er jetzt ein bisschen gerettet, aber man kann nie wissen, ob er nicht doch noch eingeht wegen den Leuten, so was ist nämlich auch schon allen möglichen anderen Tieren passiert. Das ist ein ganz, ganz trauriger Film gewesen.

So was sagen sie zu mir in der Schule dauernd, aber beim Bildhauern ist mir das noch nie passiert. Zum Glück hat überhaupt niemand gelacht, die erwachsenen Leute sind nämlich nicht so boshaft wie die Kinder und sie sind sowieso viel netter.

Warum die Monika das gesagt hat, weiß ich auch nicht. Ich bin nämlich gar nicht geizig und ich hab ihr nie was getan. Ich ärger mich immer noch. Dabei ist sie so hübsch, fast wie meine Lieblingssängerin Miluška Vaborníková, und sie kann Plastiken machen. Ich hab immer gedacht, dass ich so werden will wie die Monika, aber in echt, die ist nämlich Bildhauer und Maler, aber tagsüber ist sie Zahnarzt, und ich will am liebsten auch tagsüber Bildhauer sein.

Als ich nach Hause gegangen bin, da war's schon dunkel und es hat wieder geschneit. Eine Weile bin ich vor dem Kulturhaus stehn geblieben und hab runtergeguckt auf Ničín, auf die Lichter. Die Fenster sind gelb gewesen und orange und auf den höchsten Häusern haben rote Kommunistensterne geleuchtet. Die Heiligenhöhe ist ganz schwarz gewesen und von weitem hat sie ganz unheimlich ausgesehn. Aber am Kulturhaus ist massig Licht gewesen und überall sind Leute rumgelaufen.

Die sind ins Kino gegangen und ins Theater und zu Zirkeln und in die Gaststätte und auch ins Hotel, wo ich mit den Mädchen immer an die Rezeption geh und nach amerikanischen Zigarettenschachteln frage, die sammeln wir nämlich jetzt. Das Kulturhaus ist lang und groß und das passt da alles rein. Aber besonders schön ist es nicht. Es sieht ein bisschen aus wie das Krematorium in Prag, wo wir auf der Beerdigung von meinem Onkel gewesen sind, als er mal von einer Straßenbahn überfahren worden ist.

Von den ganzen Leuten, die vorbeigegangen sind, haben mir am besten die älteren Mädchen von der Tanzstunde gefallen. Die haben alle Handtaschen und Handschuhe gehabt und auf den Stufen haben sie sich den Schnee aus den Haaren geschüttelt und gleich hinter der Tür haben sie ihre Mäntel abgegeben und die Absatzschuhe angezogen. Die Tür ist ganz aus Glas, da hab ich von draußen gesehn, wie sie sich gekämmt und im Spiegel angelacht haben. Genau wie Prinzessinnen haben sie ausgesehn.

Zum Beispiel wie bei ›Dornröschen‹, das haben wir beim Ballett einstudiert, und dann haben wir das mal im Theater gespielt, ich mach da auch mit und tanze den dritten Knappen.

Wie ich so den älteren Mädchen zugeguckt hab, da ist auf einmal der Herr Ingenieur Raroch rausgekommen, er hat mich auch gleich bemerkt und hat sich gewundert, dass ich noch hier bin, und ich hab mich auch gewundert, dass er schon nach Hause geht. Aber er hat gesagt, dass er doch jetzt nicht mehr irgendwo lange rumtrödeln kann, wenn er verheiratet ist, und dass er zu seiner Braut muss, aber vorher begleitet er mich noch nach Hause, weil er sowieso der Kačenka und dem Pepa was von dem Hochzeitskuchen bringen wollte.

Da sind wir eben zusammen gegangen und haben übers Malen geredet und auch übers Theater, und der Herr Raroch hat die ganze Zeit Wein aus einer Flasche gesüffelt, die er in der Hand hatte, und auf dem Rücken hatte er seinen Rucksack mit dem Kuchen und wahrscheinlich auch mit noch mehr Flaschen, weil's geklirrt hat. Aus dem Rucksack hat ein Lampion rausgeguckt, der an einem Stock aufgehängt war.

»Also ich weiß nicht, ob ich noch weiter zu dem Zirkel geh, wo ich jetzt so blamiert bin, Herr Raroch«, hab ich gesagt, weil's gestimmt hat.

»Wieso blamiert?«, hat sich der Herr Raroch gewundert. »Du stellst dich doch geschickt an.«

»Na ja, aber das mit der Monika, wie steh ich denn jetzt da?«

»Pfeif auf die Monika. Ich sag dir was: Die war nur sauer, dass ich nicht sie genommen hab. Deshalb zickt die jetzt rum. Und sie hat auch einen in der Krone gehabt. Aus Kummer, verstehst du?«

»Na klaro! Und warum haben Sie sie denn nicht genommen?«

»Sie ist weder gescheit noch nett.«

»Aber sie ist ganz, ganz hübsch.«

»Das stimmt, da hast du auf jeden Fall recht«, hat der Herr Raroch geseufzt und dann hat er wieder einen ordentlichen Schluck genommen. »Aber deshalb werd ich sie ja wohl nicht gleich zur Frau nehmen, verdammt. Die macht's eh mit mir, wenn mir's gerade in den Sinn kommt.«

»Was denn?«, hab ich gefragt, aber der Herr Raroch war mit seinen Gedanken ganz woanders. »Was macht sie mit Ihnen?«, wollte ich wissen.

»Wie? Ach so … Na, was sie mit mir macht …, was sie macht …, alles …, alles, was ich will.«

»Na dann ist sie ja aber doch ganz nett, oder nicht?«

»Tja ja, eigentlich schon, eigentlich ist sie schon wieder zu nett. Für meinen Geschmack ist sie eigentlich viel zu nett. Verstehst du?«

Ich hab zwar den Herrn Raroch nicht richtig verstanden, aber da sind wir eh schon zu Hause gewesen. Der Pepa und die Kačenka haben sich gewundert, dass der Herr Raroch zu uns gekommen ist, weil das gar nicht denen ihr Freund ist, bloß ein bisschen ein Bekannter. Aber sie haben ihn nicht weggeschickt, sie haben mich schlafen geschickt und sich in ihrem Zimmer mit ihm unterhalten und unterhalten, bis ich eingeschlafen bin und nichts weiter gehört hab.

Aber vorher hab ich eine ganze Menge gehört. Zum Bei-

spiel, dass der Herr Raroch am liebsten Maler werden wollte, aber nicht so, wie er das jetzt ist, sondern richtig, bloß, das
ist irgendwie nicht gegangen, und deswegen ist er traurig,
dass er dafür Ingenieur in der Grube sein muss. Die Kačenka
hat ihm gesagt, dass er doch noch jung ist, mit zweiunddreißig, und dass er werden kann, was er will, auch Maler. Aber
er hat gesagt, dass es jetzt eh zu spät ist und dass er höchstens
bald Vater ist und dass er sowieso ein schrecklich unglück-
licher Mensch ist.

Und dann hab ich noch gehört, dass die Kačenka auf die
Andrea Kroupová aufpassen soll, die scharwenzelt nämlich
angeblich verdächtig um irgendeinen Genossen Pelc rum,
das soll zur Zeit der größte Kommunist von Ničín sein.

Früh hab ich dann die Kačenka gefragt, ob wir nun auf die
Andrea aufpassen, und auch, wann der Herr Raroch denn
gegangen ist, zu seiner Braut, aber die Kačenka hat gesagt,
dass die Andrea unsere Freundin ist und keine Kommunistin, und dass sie außerdem mit dem Robert Čušek zusammen verheiratet ist. Und vor allem, dass man nicht lauschen
soll, wenn sich andere was erzählen. Und ich soll mir keinen
Kopf machen, hat sie gesagt.

Na gut, bloß die Kačenka, die ist viel zu lieb, ungefähr so
wie der Opi František aus Zákopy, und sie denkt, dass alle
anderen auch so sind. Sie bringt's fertig und lässt sich mal
wieder was vormachen, so wie vom Freistein. Ich glaube
nämlich, dass der Freistein ihr was vorgemacht hat.

Der Pepa und die Kačenka hatten diesen Donnerstag Premiere, und da ist der Opi Zákopy auf uns aufpassen gekommen und hat sogar zum Mittag gekocht. Der Opi kann zwei
Essen, Kartoffelnocken herzhaft und Kartoffelnocken mit
Mohn. Danach sind wir zusammen spazieren gegangen, aber
bloß ganz kurz. Nachmittags kam im Fernsehn Eishockey –
unsere gegen die Russen – und das wollten alle angucken.

Ich auch, weil mir die Kačenka versprochen hat, dass ich Schokolade krieg, wenn wir gewinnen. Wir haben 3:2 verloren, da hab ich wegen den bescheuerten Eishockeyspielern nur eine Apfelsine gekriegt. Als ich der Kačenka gesagt hab, dass ich dann lieber gar nix will, hat sie gesagt: »Die Kinder in Biafra würden wer weiß was dafür geben!«, und ich musste sie ganz aufessen, obwohl sie richtig sauer gewesen ist.

Nachts bin ich auf einmal wach geworden. Ich hab die Kačenka schreien gehört: »Diese Nutten! Diese elenden dreckigen Nutten!«

Und den Pepa, wie er zu ihr sagt: »Na komm, Káča, es ist mitten in der Nacht!«

Und dann noch haufenweise andere Stimmen von lauter Leuten aus dem Theater, die der Papi und die Mami nach der Premiere mit nach Hause gebracht haben.

Mit den Nutten hab ich auch schon Probleme gehabt. Da hab ich im Sommer mal in Zákopy mit den Kindern vor den Wohnblocks gespielt und die Jungs haben dauernd gesagt: »Du Nutte!« Ich hab das Wort vorher noch nie gehört, aber es hat mir gefallen, und als die Omi mich aus dem Fenster zum Abendbrot gerufen hat, da hab ich zurück gerufen: »Noch ein bisschen. Bitte! Ich hab noch gar keinen Hunger, du Nutte.« Die Omi hat ganz schnell das Fenster zugeknallt und alle Frauen, die draußen auf den Bänken gesessen haben und die aus den Fenstern geguckt haben, die haben sich umgedreht und gelacht.

Zu Hause gab's dann große Unannehmlichkeiten, und sie haben mir gesagt, dass Nutte ein schlimmes, aber auch wirklich furchtbar schlimmes Schimpfwort ist. Viel schlimmer als zum Beispiel Rindvieh oder Blödmann. Das soll irgendeine schrecklich böse Frau sein, aber komisch ist es schon, dass sie mir nicht erklären wollten, wie genau die nun böse ist.

Ist ja auch egal, ich bin jedenfalls froh gewesen, dass mich die Kačenka mit ihrem Geschrei aufgeweckt hat, ich hab nämlich gerade schlecht geträumt. Ich träume ganz schön oft schlecht, aber dafür auch nicht jedes Mal so schlecht wie diesmal.

Ich hab geträumt, dass ich im Sandkasten in der Mitte von einem Hof spiele, zwischen acht Wohnblocks. So sieht das hier, wo wir wohnen, wirklich aus. Jeder von den Blocks zeigt mit einer Seite zu einer anderen Straße, aber mit der anderen Seite zeigen sie alle zu demselben Hof, wo wir spielen. Bloß, in dem Traum bin ich gerade ganz alleine dort gewesen. Irgendwas hab ich im Sand gemacht und auf einmal sind bei allen Häusern die Türen aufgegangen und Wölfe sind rausgekommen und auf mich zugerannt. So viele und so schnell, dass ich nicht mal weglaufen konnte, ich hab bloß gewartet, dass sie mich auffressen. Und sie hätten mich auch beinah aufgefressen, wenn mich die Kačenka nicht geweckt hätte.

Ich hab so was schon ein paarmal geträumt, aber zum Glück haben sie mich noch nie aufgefressen. Jedes Mal ist es wieder furchtbar, ich kann mich da einfach nicht dran gewöhnen. Das ist noch schlimmer, wie wenn ich träume, dass mich der Freistein holen gekommen ist oder dass mich der Knecht Ruprecht in seinen Sack steckt, weil man mit dem Freistein und mit dem Knecht Ruprecht wenigstens reden kann.

Manchmal geht auch einer von den Träumen gut aus, weil ich es schaffe wegzufliegen. Ich wedle mit den Armen und fliege, wohin ich will. Das ist ganz einfach, aber es geht nicht immer. Schade, dass ich das nie vorher weiß, ob's geht. Dann würde ich vor nichts mehr Angst haben und mich müsste auch niemand mehr aufwecken.

Ich wäre auch lieber schon groß, weil sich die Erwachsenen nicht gegenseitig auslachen, wenn sie dick sind, und sie machen auch nicht solche anderen gemeinen Sachen, die die Kinder dauernd mit sich machen.

Als ich in den Kindergarten gekommen bin, da hat mir gleich beim ersten Mittagessen ein Junge gesagt, dass sein Vater einen Laster hat und dass er mich mit dem Laster überfährt. Ich weiß gar nicht, warum, ich habe zu ihm bloß Ahoi gesagt und wie ich heiße. Und es sind noch andere Sachen passiert. Die Kačenka hat dann bald ein Einsehn gehabt und mich nach einer Woche da rausgeholt. Danach bin ich dann wieder ins Theater gegangen, wo alles ganz herrlich ist.

Bloß in der Schule ist's fast genauso wie im Kindergarten, und dort muss man die ganze Zeit hin. Na ja, nicht ganz die ganze Zeit, weil ich zum Schluss ja dann doch irgendwann mal alt bin und nirgends mehr hin muss und nix mehr träume.

5

Wie ich ganz nah bei dem vergammelten Spatz gewesen bin

Letzte Woche haben uns die Eltern nach Zákopy gebracht, weil sie für drei Tage auf ein Gastspiel nach Südböhmen mussten. Besonders hat mir das nicht gefallen, mir wär lieber gewesen, wenn sie bloß den Pepíček nach Zákopy geschickt hätten, wo er doch noch so klein ist, und ich hätte mit ihnen mitkommen dürfen. Aber es ging nicht, sie wollten mich nicht dabei haben.

Das Gute an der Sache war, dass ich am Freitag nicht in die Schule musste, »aus familiären Gründen«. Na ja, ich hab zumindest gedacht, dass das prima wird – war's aber nicht, weil die schreckliche Beerdigung dazwischengekommen ist.

In Zákopy ist nämlich eine alte Frau gestorben und ihre Beerdigung war ausgerechnet am Freitag. So eine, wo der Trauerzug bis auf den Friedhof geht. Wenn die Frau verbrannt worden wäre, dann wär das egal gewesen, das wird alles in Prag gemacht oder in Beroun und dann in Zákopy gleich auf dem Friedhof, deswegen ist nichts zu sehn, wenn man da nicht extra hingeht. Aber wenn's einen Trauerzug gibt, dann gehn die Musikanten mit und sie spielen furchtbare, traurige Musik, dahinter fährt das Auto mit dem Sarg, und dann gehn haufenweise Leute ganz langsam hinterher und das alles bewegt sich fast gar nicht, deswegen dauert das ganz, ganz lange und ist fast nicht auszuhalten.

Ich hab richtig Angst davor, besonders vor der Musik, die überall zu hören ist, vor der kann man sich nirgends verstecken. Ich verkriech mich jedes Mal im Zimmer unterm Tisch, damit ich nichts sehe, und ich stopf mir Watte in die Ohren, aber das nützt mir überhaupt nix, weil der Zug direkt bei der Omi vor den Fenstern vorbeigeht, und das dauert so lange, dass ich das eh nie aushalte und wieder rauskomme, weil ich aufs Klo muss oder so.

Der Opi und die Omi wohnen im letzten Block am Ende vom Dorf, danach kommt bloß noch der Weg zur Kirche mit dem Friedhof. In Zákopy gibt's außer normalen Häusern ungefähr fünf Wohnblocks und den Rat der Gemeinde und ein Kulturhaus wie in der Stadt, bloß kleiner. Der Opi und die Omi haben nie ein eigenes Haus mit Hühnern und so gehabt, der Opi ist nämlich Schuldirektor gewesen, er hat immer in der Schule gewohnt, und als er in die Rente gegangen ist und die Wohnblocks gerade fertig geworden sind, da ist er da hingezogen. Der Opi hat das kleine Zimmer und die Omi hat das Schlafzimmer, wo der Opi nicht schlafen darf, weil er schnarcht, und dann haben sie noch ein großes Zimmer, zu dem sagt die Omi Esszimmer.

In dem Esszimmer gibt's schöne alte Möbel, die sind geschnitzt und riesengroß, deswegen kann man sich da kaum bewegen, aber gute Verstecke gibt's da, zum Beispiel den runden Tisch mit dem einen Bein und der langen Tischdecke, unter dem ich mich bei der Beerdigung verkrochen hab oder damals, als die Russaken nach Zákopy gekommen sind. Aber da war ich noch ganz klein.

Ich könnte höchstens noch auf den Blauen Berg abhauen oder auf den Břízov, das sind die zwei Hügel von Zákopy, oder zu den Kleinen Felsen, das sind richtige Felsen mit Höhlen. Dort würde man die Musik wahrscheinlich nicht hören, aber da würde mich die Omi alleine nicht hinlassen.

Tja, der Opi, der hat keine Angst vor Beerdigungen, der versteckt sich nirgends und geht noch da hin und hält eine

Rede, weil das in Zákopy sonst niemand so gut kann. Der Opi ist sowieso mutig. Der hat nicht mal im Wald Angst oder auf dem Friedhof oder vor Rowdys oder vor Gespenstern und Teufeln. Den kennt in Zákopy jeder, und andauernd muss er irgendwo hingehn und irgendwas machen, weil ständig wer was von ihm will. Die Omi regt sich auf, dass er so wenig zu Hause ist und dass er so nett zu fremden Leuten ist und nichts davon hat.

Die Omi, die ist in einer Tour zu Hause, aber sie liest nie und schreibt auch keine Plakate wie der Opi, sie kocht und bäckt nur. Sie geht so gut wie nie raus, nicht mal zum Einkaufen. Sie schreibt alles auf einen Zettel, was eingekauft werden soll, und dann muss der Opi los. Bestimmt dreimal am Tag. Und jedes Mal schimpft sie ihn aus, dass er was Falsches gebracht hat oder sich irgendwo festgequatscht hat. Sie glaubt ihm nämlich nicht, dass ein Haufen Leute im Laden gewesen sind und dass es wirklich so lange gedauert hat, sie geht ja selber nie da hin und hat keine Ahnung.

Aber ich weiß das, weil ich mit dem Opi überall hin mitgeh, wo er mich mitnimmt. Der Opi ist mein Hauptfreund. Ich meine natürlich den Opi František. Der Prager Opa Pepa ist zwar auch klasse, aber der kommt bloß einmal oder zweimal im Jahr zu uns, meistens vor Weihnachten, und manchmal auch, wenn die Pepas ihren Namenstag haben. Jedes Mal bringt er Apfelsinen und Bananen mit, und er ist braungebrannt, weil er noch jung ist.

Die Apfelsinen sind wichtig, mit denen jongliert der Opa nämlich wie im Zirkus, und er kann auch noch andere Tricks, zum Beispiel mit dem Bauch pfeifen, oder wie er das macht, oder eine Apfelsine über den Unterarm rollen lassen und mit dem Ellbogen zurückschnipsen, und jedes Mal zeigt er uns das alles, mir und dem Pepa, wir sehn ihn deswegen immer wieder gerne. Manchmal kommt auch seine Frau

Viki mit, aber die lacht bloß pausenlos, was Interessantes kann die nicht.

Der Opa Pepa, der ist vor vielen Jahren im Kittchen eingesperrt gewesen, aber jetzt geht's ihm gut, weil seine Frau, die Viki, einen Sohn hat, der wohnt in Westdeutschland und ist dort Mannequin. Und uns geht's auch ein bisschen gut, weil wir von ihnen manchmal alte deutsche Sachen kriegen oder auch was anderes, was sie nicht mehr brauchen.

Als der Opi František von der Beerdigung gekommen ist, da sind wir zusammen nach Králův Dvůr die Tante Lilka besuchen gefahren. Bloß ich und der Opi, obwohl die Tante Lilka die Schwester von der Omi ist und nicht vom Opi. Wir haben weißen Kaffee und Kartoffelpuffer gekriegt und wir haben der Tante Lilka geholfen, Pappschachteln für Arznei zu falten, damit sie ein bisschen Geld verdient. Sie hat schrecklich wenig Geld. Als sie jung war, da hat sie nämlich mit dem Onkel Lojza in Králův Dvůr zwei Konditoreien gehabt. Jetzt hat sie leider gar keine Konditorei mehr, es gibt auch keine Süßigkeiten mehr. Sie hat nicht mal mehr den Onkel Lojza, der so lange was mit jungen Dingern hatte, wie die Omi immer sagt, bis er da dran letztes Jahr gestorben ist. Deswegen fahr ich mit dem Opi manchmal zu ihr hin, damit sie nicht so traurig ist.

Die Tante Lilka ist eine ganz andere Omi als meine. Sie hat immer so altmodische schwarze Kleider an und sie hat lange weiße Haare und da drüber ein Haarnetz. Sie hat nie eine Dauerwelle wie die Omi Míla und sie ist so unfein. Aber das gefällt mir gerade gut.

Meine Omi hat in Prag ihre Schwester Aňa und ihre Schwester Irma, in Račice ihre Schwester Karla und in der Slowakei die Stáza. Außerdem hat sie noch ihre Schwester Máňa und vier Brüder gehabt, aber die sind schon gestorben.

Nach Hause sind wir zu Fuß, weil's von Králův Dvůr nach

Zákopy bloß fünf Kilometer sind und weil wir gerne laufen und uns dabei unterhalten. Im Wald musste ich mal und ich hatte schon Angst, dass ich mich mit Klettenblättern abwischen muss, aber der Opi hat dann in seinen Taschen doch noch irgendwelche Zettel gefunden.

Der Opi hat das ganze Jahr lang so ein altes graues Sakko an, das massenweise Taschen hat, und in den Taschen ist alles Wichtige drin, was man unterwegs gut gebrauchen kann. Zum Beispiel ein Notizblock und ein Kuli und ein paar Stummel, das sind so winzige ganz normale Bleistifte, und ein Klappmesser, mit dem man die Stummel anspitzen kann, und ein Radiergummi und ein Personalausweis und eine Brille und was zum Naschen und noch alles Mögliche. Mit dem Opi kann einem nichts passieren.

Als wir aus dem Wald auf die Straße gekommen sind, da hat ein Bus für uns angehalten, der gerade vorbeigefahren ist. Einfach so von alleine. Der Fahrer hat den Opi erkannt und er wollte nicht mal Geld von ihm. Und sowieso haben alle in dem Bus den Opi gekannt und sie haben ihm zugerufen: »Guten Tag, Herr Direktor!«, und sie wollten mit ihm über alles Mögliche sprechen und sie haben sich benommen, wie wenn das denen ihr Opi wäre.

Bloß die Omi, die hat sich aufgeregt, wo wir rumgetrödelt haben, dass wir so spät kommen und warum wir überhaupt die Schachteln falten gefahren sind, wo's zu Hause einen Haufen wichtige Arbeit gibt. Sie wollte auch wissen, ob wir bei der Tante Lilka überhaupt was zu essen gekriegt haben, aber als wir ihr von den Kartoffelpuffern erzählt haben, da hat sie sich noch mehr aufgeregt, warum wir die gegessen haben, wo's doch zu Hause Abendbrot gibt, sie hat schließlich den ganzen Nachmittag in der Küche gestanden. So ist das jedes Mal, der Omi kann man's nur schwer recht machen.

Die Eltern sind am Sonnabend in der Nacht gekommen

und am Sonntag früh haben sie mich gleich rausgescheucht, an die frische Luft mit den Kindern spielen, haben sie gesagt. Ich weiß, dass das keinen Sinn hat, deswegen wollte ich lieber mit der Plastiline spielen als mit den Kindern, aber da war nichts zu machen.

Draußen sind die Pavlína und die Miluna gewesen, die haben gar nix gespielt, bloß dagesessen und geglotzt. Da hab ich vorgeschlagen, dass wir »Dummer Hans« spielen könnten, weil sie einen Ball mithatten. Wir haben das eine Weile gespielt, bloß dann sind der Lugar und der Jožan gekommen und haben gesagt, dass das ein blödes Spiel ist und dass wir lieber hinters Haus gehn sollen. Die haben nicht mal gesagt, was sie dort spielen wollen, aber die Mädels gleich: »Na gut.« Die sind nämlich nicht besonders intelligent. Die Pavlína hat nicht mal ein Taschentuch einstecken, die ganze Zeit hängt ihr so ein Rotzfaden unter der Nase, und wenn der zu lang wird, dann wischt sie ihn mit dem Ärmel ab oder leckt ihn auf. Und die Miluna ist auch ein ganz schönes Schmuddelkind. Mir ist das ja egal, Hauptsache, sie reden mit mir, aber die Omi sieht sie nicht gern bei uns. Wenn eine von ihnen zu Besuch zu uns kommt, dann wartet die Omi jedes Mal, bis sie sich nach irgendwas bückt, und dann riecht sie von hinten an ihr, es könnte ja sein, dass sie in die Hose gemacht hat. Da möcht ich der Omi manchmal fast eine runterhauen, wenn man das dürfte.

Hinterm Haus war dann auch nix mit Spielen, die Jungs haben bloß so mit Steinen geworfen und alle haben sich gelangweilt. Bis der Lugar mitgekriegt hat, dass der Fifík da steht, unser Auto, das man mit einer Kurbel anleiern muss, damit's losfährt. Es ist so klein und rund und der Papi sagt, dass es richtig »Renno vier« heißt. Die Jungs haben angefangen, sich darüber lustig zu machen, dass der Fifík so winzig ist und dass es ein Aufziehauto ist, und dass bloß einer da reinpasst. Ich hab den Fifik in Schutz genommen, dass er mit Benzin fährt und dass wir alle vier da drin Platz haben. Aber die haben mir den Arm hinterm Rücken verdreht und haben nicht aufgehört, mich zu foltern, bis ich das zurückgenommen hab und mein Ehrenwort gegeben hab, dass bloß einer reinpasst. Ich bin schrecklich wütend nach Hause gegangen und hab mich geschämt. Was würde der Pepa dazu sagen, der nie lügt und der mir beibringt, dass ich mich nicht so leicht unterkriegen lassen soll? Ich hab angefangen nachzudenken und deswegen hab ich aufgehört zu gehn und bin um die Ecke rum stehn geblieben, direkt bei dem vergammelten Spatz.

Dort ist nämlich in der Wand so ein kleines vergittertes Fenster und da dran, hinter dem Gitter, liegt ein krepierter Spatz. Der ist schon ganz lange dort und es ist von ihm fast nur noch das Gerippe übrig. Ich hab ein bisschen Angst vor ihm, aber ein bisschen interessiert mich das auch, deswegen guck ich meistens bloß so von weitem kurz mit einem Auge hin und geh dann schnell weiter. Vorsichtshalber geh ich nie bis zu ihm ran. Bloß, wie ich so nachgedacht hab, da hab ich vergessen auszuweichen, und auf einmal stand ich direkt davor. Ich hab schnell die Augen zugemacht, aber es war schon zu spät. Da hab ich sie wieder aufgemacht und hab mir gesagt, wenn ich es geschafft hab, den vergammelten Spatz anzugucken, dann schaff ich es auch, dem Lugar zu sagen, wie viele Leute in den Fifik reinpassen. Für den Bella Tschau wär das ein Kinderspiel.

Der Lugar und die ganzen anderen haben immer noch da rumgesessen und einfach bloß so geglotzt.

»Du, Lugar!«, hab ich ganz streng gerufen.

»Was is, Würschtl?«, hat der Lugar gefragt.

»Und es passen doch vier in unser Auto rein!«, hab ich gesagt und gewartet, was passiert. Aber es is nix passiert.

»Na ja, meinetwegen auch acht«, hat der Lugar gesagt und eine Grimasse geschnitten. Der Fifík hat überhaupt keinen mehr interessiert. Dann sind sie alle aufgestanden und sind unter die Treppe »Schweinischer Doktor« spielen gegangen. Sie haben mich sogar gefragt, ob ich auch mitkommen will. Aber ich bin lieber Hausaufgaben machen gegangen.

Die Kačenka und der Pepa hatten irgendwie keine Lust, nach Hause zu fahren, deswegen sind wir dann erst am Montag früh gefahren. Man muss zwar zeitig aufstehn, damit ich rechtzeitig in die Schule komme, aber manchmal machen wir das so. Aus Zákopy ist's weit bis nach Ničín, das dauert ungefähr eine Stunde über so eine kurvige, geheimnisvolle Straße, durch Wälder und lauter kleine Dörfer.

Mitten in dem einen Wald haben wir auf einmal so ein kleines Mädchen gesehn, mit einer roten Mütze auf und einem roten Ranzen auf dem Rücken. Der Papi hat angehalten und gefragt, ob sie nicht zufällig der Großmutter zum Geburtstag gratulieren geht. Aber sie hat gesagt, nein, sie ist aus dem Forsthaus und geht ins Wolfstal in die Schule. Sie macht das angeblich jeden Tag so, weil so zeitig kein Bus fährt, und ein Auto haben sie zu Hause nicht. Da haben wir sie mitgenommen bis vor die Schule und sie ist ganz, ganz froh gewesen. Ich bin auch froh gewesen, bloß schade, dass der Lugar und die anderen nicht gesehn haben, wie fünf Leute im Fifík sitzen. Zwar drei, die noch ganz schön klein sind, aber das zählt trotzdem.

6

Wie die Elefanten ausgebüchst sind

Wir sind in Prag gewesen! Zwei ganze Tage lang, und es war so toll, dass ich in meinem Kopf immer noch dort bin.

Gleich als wir in die Stadt reingefahren sind, da hab ich ganz weit weg Häuser gesehn, die sind so schön gewesen, dass ich schon gedacht hab, dass das der Hradschin ist. Aber die Kačenka hat gesagt, dass das nicht der Hradschin ist, sondern Košíře. Bloß, ist ja egal, in Ničín gibt's überhaupt nichts, was zumindest so hübsch ist wie Košíře hier. Na ja, kann sein, die Heiligenhöhe, aber wer weiß.

Vinohrady, wo die Oma Dáša mit dem Onkel Kryštof, der Tante Jana und dem Vašíček wohnt, ist noch besser als Košíře. Das Haus von ihnen hat alle möglichen tollen Verzierungen und lauter so Vorsprünge und es ist sogar rosa.

Die Eltern haben mich und den Pepíček der Oma Dáša ausgeborgt und sind zu einer Beerdigung gegangen, deswegen sind wir ja auch nach Prag gekommen. Die Tante Aňa ist nämlich gestorben, das ist von der Omi Zákopy die jüngste Schwester, die hat die Omi auch am meisten lieb, weil sie am vornehmsten ist. Deswegen ist die Omi Zákopy mit dem Opi auch hingefahren und sie konnten nicht auf uns aufpassen. Und am allerbesten von allem ist gewesen, dass ich und der Pepíček nicht mit zu der Beerdigung mussten. Hinterher haben sich die ganzen Verwandten ausgemacht, dass sie das feiern, sie haben nämlich die Tante Aňa lieb gehabt, und da hat der Pepa mit der Kačenka beschlossen, dass wir in Prag auch schlafen. Ich und der Pepíček in Vinohrady und sie ich weiß nicht wo, und dass wir erst am nächsten Tag nachmittags wieder nach Hause fahren. Da hab ich mich wahnsinnig gefreut.

Abends konnte ich dann aber nicht einschlafen. Ich musste die ganze Zeit an die Mami und an die Omi Míla denken, wie sie so schrecklich geweint haben. Ich hab auch an die Tante Aňa gedacht und es hat mir ganz schön was ausgemacht, dass es mir vorher gar nix weiter ausgemacht hat, dass sie gestorben ist. Ich hab die Augen zugemacht und hab sie mir mit den Händen in den Kopf reingedrückt, bis sie mir wehgetan haben. Aber ich hab immer noch kein Schlafdunkel gesehn. Ich hab gesehn, wie in einem riesengroßen Zimmer mit Möbeln wie in einem Schloss die Tante Aňa am Tisch sitzt, auf so einem Sessel, der fast wie ein Thron aussieht, und neben ihr auf einem Stuhl meine Omi. Die Tante Aňa hat ihre langen, weißgelben Haare offen gehabt und sie hat weiße Sachen angehabt, die Kostüm heißen, und sie ist ganz hell und zart gewesen. Hinter ihr an der Wand hat ein großes schwarzes Kreuz mit dem Jesus gehangen. Die Tante hat ganz leise geredet, wie von ganz weit weg, sie hat den Mund fast gar nicht aufgemacht und dabei ist alles, was sie gesagt hat, furchtbar gut zu hören gewesen. Die Omi ist auch so still gewesen, in Wirklichkeit ist sie nie so. Ich und mein Cousin haben neben dem Tisch auf dem Boden gespielt, auf einem dicken, bunten Teppich, mit so altmodischen Krippenfiguren. Die Tante Aňa hat sich zur Omi rübergebeugt und geflüstert: »Freilich, Míla, das war ein Jude.«

»Aber das hat mir nie was ausgemacht«, hat die Omi gesagt.

»Nun ja, immerhin sagt man ja, dass Mischlinge ausgesprochen intelligente und manchmal auch schöne Menschen sind.« Die Tante Aňa hat mich angelächelt und mir einen Apfel gegeben.

44

Ich hab meine Augen aufgemacht und ein Dunkel gesehn, aber ein richtiges, und erst nach einer Weile dann auch den Kopf von der Oma Dáša neben mir auf dem Sofa.

»Oma? Was ist ein Mischling?«

»Na, das ist, wenn man zwei unterschiedliche Rassen kreuzt. Zum Beispiel, wenn du einen Esel mit einem Pferd kreuzt, dann kommt dabei ein Maultier raus, und das ist dann ein Mischling – na eigentlich ja eine Kreuzung, aber das kommt auf dasselbe raus.«

»Oma, ist das Maultier ausgesprochen intelligent?«

»Intelligent? Das weiß ich nicht, wahrscheinlich nicht besonders. Wieso denn?«

»Bloß so, weißt du, ich kann nicht einschlafen.«

»Dann werd ich dir was erzählen, willst du?«

Ich hab der Oma gesagt, dass sie mir was über Prag erzählen soll, aber ich kann mich an nichts mehr erinnern, weil ich gleich eingeschlafen bin. Ich hab geträumt, dass ich mit dem Opi František in den Zoo gegangen bin, um den böhmischen Löwen anzuschauen, und er hat mir von einem Brunzvik erzählt. Auf einmal kamen uns massenhaft Leute entgegengelaufen. Sie sind gerannt und haben sich geschubst und sind gestolpert. Wir konnten nicht weiter gehn und auch nicht zurück, ich hab mich bloß schnell an der Hand vom Opi festgehalten.

»Verzeihen Sie bitte, was ist denn los?«, hat der Opi die Leute da gefragt, aber alle sind weiter gerannt und haben geschrien und niemand hat geantwortet. Erst der allerletzte Mann, der hat uns zugerufen: »Verschwinden Sie! Die Elefanten sind ausgebüchst! Da kommen zwanzig Elefanten angerannt und die trampeln alles nieder.« Der Opi hat gesagt: »Ach wo, warum sollten die denn ausbüchsen?« Doch da kamen die Elefanten schon angerannt und haben alles niedergetrampelt. Sie sind so nah gewesen, dass ich sehn konnte, dass der Leitelefant grüne Augen hatte und einen grünen Rüssel. Deswegen ist er wahrscheinlich auch der Leiter gewesen. »Ich werd verrückt!«, hat der Opi gesagt, hat sich die Brille aufgesetzt und den Hut abgenommen. Auf einmal hat der erste Elefant furchtbar getrötet und alle Elefanten sind stehn geblieben. Bloß der erste mit dem grünen Rüssel ist ganz dicht zu uns ran gekommen und hat gesagt: »Ich werd verrückt! Sind Sie das, Herr Direktor?« Der Opi hat die Brille wieder abgenommen und den Hut aufgesetzt. »Erkennen Sie mich denn nicht?«, hat der Elefant gefragt. »Rudla, neunzehnsechsunddreißig. Sie waren doch mein Lehrer!«

»Aber ja, jetzt erinnere ich mich, Sie haben in der letzten Bank gesessen«, hat der Opi gesagt und die Brille aufgesetzt.

»Na sehen Sie«, hat der Elefant getrötet und aus seinem Rüssel hat's so getropft, dass ich ganz nass geworden bin. »Das freut mich aber, das freut mich wirklich sehr. Ich hab Sie nämlich nie vergessen.«

»Ich Sie auch nicht«, hat der Opi gesagt, »aber damals haben Sie keinen grünen Rüssel gehabt, wissen Sie? Das hat mich ein bisschen durcheinander gebracht.«

»Aber klar doch, ich nehm Ihnen das ja auch gar nicht übel«, hat der Elefant gesagt. »Das war ja sowieso eine andere Zeit, damals. Aber dafür, Herr Direktor, haben Sie sich kein bisschen verändert.« Dann hat er sich uns vorsichtig auf seinen Buckel gesetzt und uns ringsrum durch den Zoo getragen und uns viele interessante Tiere vorgestellt.

Früh haben mich dann die Tauben aufgeweckt und die liebe Sonne, weil sie mir auf den Kopf geschienen hat. Die Oma war nicht mehr in ihrem Bett. Wahrscheinlich hat sie Strudel gebacken, es hat nämlich bis ins Zimmer rein geduftet. Ich bin das Fenster aufmachen gegangen und hab auf die Straße geguckt. Draußen sind die Tauben herumspaziert und lauter alte Damen mit Hunden und Prag hat mir noch besser geduftet als der Strudel.

Nach dem Frühstück hat mich die Tante Krausová abgeholt. Das ist die ältere Schwester von der Oma Dáša und sie heißt Marta. Als sie noch jung war, da hat sie mal eine Zeit lang eine Bekanntschaft gehabt mit dem berühmten Liederkomponisten Jaroslav Ježek, der dann nach Amerika ist. Wir haben ausgemacht, dass der Pepíček bei der Oma bleibt und dass mich die Tante Marta mit in die Stadt nimmt, vor allem auf den Hradschin. Ich wollte alle möglichen Sehenswürdigkeiten angucken, die ich von Fotos kenne und vom Opi František, aber am allermeisten von allem hat mich der Daliborka-Turm interessiert, wo der Ritter Dalibor eingesperrt gewesen ist, und der gefällt mir schrecklich gut. Das ist mein Geheimnis und keiner weiß was davon. Ich hab mir ein Bild von ihm aus dem Buch ›Alte böhmische Sagen‹ vom Alois Jirásek ausgeschnitten, aber davon weiß zum Glück auch keiner was. Ansonsten würde ich große Unannehmlichkeiten kriegen. Ich hab das Bild mindestens fünfmal gefaltet, bis es ein ganz kleines Viereck gewesen ist, und das hab ich in meiner Schiefermappe versteckt, in dem Täschchen für die Radiergummis, und manchmal, wenn ich in Sicherheit bin, zum Beispiel auf dem Klo, dann nehm ich es raus und falt es auf. Ich guck mir an, wie hübsch der Dalibor ist, und ich stell mir vor, wie er hungert und wie er ganz traurig auf der Geige spielt und wie sie ihm den Kopf abhacken, und ich liebe ihn.

Die Tante Marta hat sich zwar ein bisschen gewundert, warum wir so lange andauernd um den einen Turm rumgehn, aber sie hat mir erlaubt, dass ich mir alles angucken darf, was ich will und wie ich will, und als wir uns auch den St.-Veits-Dom und das Goldene Gässchen und alle möglichen Bilder und die Loretto-Kirche angeguckt haben, da hat sie mir ein Eis spendiert und sich einen Kaffee und drei

Zigaretten. Dabei hat sie mir die abenteuerliche Geschichte erzählt, wie sie den ganzen Zweiten Weltkrieg lang ihren Mann im Schrank versteckt hat. Der hieß Hugo Krause und die Deutschen konnten ihn nicht leiden. Sie hat ihm auch noch ein Versteck in der Couch gemacht, da hat sie ein Luftloch reingebohrt, damit der Krause sich dort verstecken konnte, falls eine Gestapo gekommen wäre. Zu all dem ist in der Zeit auch noch ihre Tochter Hanička auf die Welt gekommen, und das hätte angeblich auch ganz schön verdächtig sein können. Wenn die Deutschen den Herrn Krause gefunden hätten, dann wär angeblich die Tante Marta erschossen worden und die Oma Dáša und der Opa Pepa und, kann sein, sogar auch unser Papi und der Onkel Kryštof, die sind damals kleine Jungs gewesen. Bloß, zum Glück haben ihn die Deutschen nicht gefunden, und als der Krieg vorbei war, da ist der Herr Krause nach Amerika, und da ist er dann auch geblieben. Als dann die Russaken gekommen sind, da ist auch ihre Tochter, die Hanka, nach Amerika, und die Tante Marta ist ganz alleine in Prag geblieben, in Vršovice, in der Wohnung, wo das alles passiert ist.

Aber sie ist überhaupt nicht traurig, sie findet bloß inzwischen doof, dass dauernd alle ohne sie nach Amerika fahren, und deswegen hat sie beschlossen, dass sie auch da hinfährt, sie ist nämlich schon in der Rente, deswegen hat sie auch nichts mehr zu tun. Jetzt wartet sie bloß noch, bis ihr die Amerikaner und die Kommunisten das erlauben.

Als wir von der Burg runter in die Stadt gegangen sind, da hat mir die Tante Marta die amerikanische Botschaft gezeigt, das ist das Amt, wo sie immer fragen geht, ob's nun bald soweit ist. Und dann sind wir ins Nationalmuseum den Walfisch angucken gefahren. Da bin ich ein bisschen enttäuscht gewesen, weil von dem bloß noch die Knochen übrig gewesen sind. Aber ich hab nix gesagt. Die Tante Marta ist von dem Fisch auch ohne Fleisch ganz aus dem Häuschen gewesen, da wollt ich ihr die Freude nicht verderben.

Die Oma Dáša ist echt froh gewesen, als wir nach Hause gekommen sind, der Pepíček hat sich nämlich mit dem Vašíček um ein ausgetrocknetes Krokodil geprügelt, das hat sie an der Wand gehabt. Sie haben von drin irgendeine Sauerei rausgekippt und dafür Strudel reingestopft und inzwischen haben sie sich schon wieder geprügelt. Die Oma wollte sie nicht verdreschen, weil sie noch viel zu klein sind, und da hat sie nicht gewusst, was sie machen soll. Aber da sind auch schon mein Onkel und meine Tante und der Pepa und die Kačenka gekommen und haben sie selber verdroschen. Danach mussten wir schon wieder nach Hause fahren. Unterwegs haben alle außer dem Pepa geheult. Die Kačenka wegen der Tante Aňa, der Pepíček, weil er was abgekriegt hat, und ich, weil wir nicht für immer in Prag bleiben können.

Zu Hause hab ich meine beiden Schatzkisten aus der Spieltruhe genommen. Auf der einen steht SAA, das heißt: Sachen Aus Amerika, und auf der anderen AAP, das heißt: Andenken An Prag. In die Andenkenschachtel hab ich die Ansichtskarte von der astronomischen Uhr getan, auf der die Apostel hin und her laufen, und noch andere Ansichtskarten und die Špejbl-Puppe von der Oma Dáša. In die Amerikaschachtel hab ich die Puppe getan, die mir die amerikanischen Verwandten von der Tante Aňa mitgegeben haben, die zur Beerdigung gekommen sind. Das ist eine ganz schön schlecht gemachte Puppe. Sie ist ganz dürr und hat viel zu lange Beine und so ein kleines, böses Gesicht, aber trotzdem ist das eine große Kostbarkeit. Der Pepíček hat von ihnen einen Mann mit einem Schlips gekriegt, der prima zu ihr passen würde, und da hab ich versucht, ob er den nicht gegen meinen Špejbl tauschen will. Will er aber nicht, er braucht ihn nämlich als Fahrer für seinen Laster.

Zum Schluss ist dann von den ganzen Geschenken ein altmodischer Spiegel übrig geblieben und so ein Fisch um den Hals, auf dem hinten drauf ISRAEL steht und noch lauter so Krakel. Das hat mir beides die Tante Marta gegeben und sie hat gesagt, dass das gar nicht mal so sehr was zum Spielen ist, sondern das ist was ganz Besonderes und ich soll mir das aufheben, bis ich groß bin. Na klar, ich heb ja alles Mögliche auf, bloß, ich hab nicht gewusst, in welche Schachtel ich das tun soll. Zu den Sachen Aus Amerika hat das nicht dazu gepasst und auch nicht zu den Andenken An Prag, und zur Schmuckschatulle, wo ich die Ringe und Armreifen vom Rummel drin hab, auch nicht. Da hab ich eben einfach eine neue Schachtel gegründet, und ich habe AS drauf geschrieben: Andere Sachen, und ich bin damit richtig zufrieden.

Abends hab ich dann die Kačenka gefragt, ob sie nicht lieber in Prag wohnen will als in Ničín. Sie hat Nein gesagt. Da bin ich eben noch zum Papi gegangen, ob er das nicht lieber will, wo er doch schon mal für immer dort gewohnt hat. Der Papi würde wollen, aber als ich vorgeschlagen hab, dass wir die Kačenka ja überreden könnten, weil ich nämlich auch wollen würde, und dem Pepíček ist's ja sowieso egal, da hat er gemeint, dass das sowieso nicht geht, auch wenn die Kačenka Ja sagen würde, weil wir dort nämlich keine Wohnung haben und kein Engagement. Ein Engagement, das ist das, was der Pepa und die Kačenka in Ničín haben, das Spielen im Theater und die Gastspiele und so.

Da hab ich einen Brief an die Oma Dáša geschrieben und an die Tante Marta und auch an meine beste Freundin Tereza, ob sie uns nicht helfen können, irgendein Engagement zu finden. Am besten wäre das Nationaltheater, und falls das nicht geht, dann meinetwegen auch woanders, ich würde den Pepa und die Kačenka schon rumkriegen.

7

Wie ich die Ameisen zertrampelt hab

Weil's schon so schön warm ist, haben auch wieder die Probleme mit dem Sport angefangen. Damit gibt's zwar ständig Probleme, aber im Frühling, wenn wir aus der Turnhalle raus auf den Sportplatz oder ins Stadion müssen, da ist das noch viel schlimmer als sonst, weil das nämlich bedeutet, dass wir wieder rennen müssen, und außerdem gucken da auch noch massenhaft Leute zu.

Schon das Ausziehn: Wenn du da in Unterhosen stehst, das kannst du vergessen. Gleich sieht man den Bauch von allen Seiten und man kann nichts dagegen machen. Mit dem Badeanzug ist das zwar genauso, aber das macht mir nix aus, weil ich gut schwimmen kann und schnell bin. Nur, das nützt mir nix, schwimmen gehn wir mit der Schule nie.

Was anderes kann ich nicht, obwohl ich andauernd irgendwohin zum Sport geh, und das macht mir auch ganz schön viel Spaß. Bloß nicht in der Schule. Ich hab vor jeder Stunde Schiss, der Sportunterricht in der Schule ist nämlich nicht zum Sportmachen erfunden worden, sondern zum Quälen von dicken und ungeschickten Kindern. Und das bin ich beides.

Gestern hat's ganz, ganz schlecht mit mir ausgesehn, es ist nämlich Sportfest gewesen. Der Unterricht ging bloß bis um zehn und dann musste unsere ganze Schule und alle anderen Schulen in Ničín ins Ničíner Sportstadion, zum Laufen und Springen, weil der Wladimir Iljitsch Lenin Geburtstag hatte.

Vorher gab's haufenweise Reden, und Gedichte sind aufgesagt worden. Aus unserer Klasse hat die Válová die Rezitation gemacht. Wenn die vor Leuten reden muss, dann stottert sie zwar, aber ihr Vater ist Offizier und unsere Wettkämpfe haben die Ničíner Offiziere organisiert. Ich bin auf sie furchtbar neidisch gewesen, weil sie nicht rennen brauchte. Sie sollte bloß das Gedicht aufsagen und dann Blumen und Medaillen verteilen helfen. Bloß, die Válová hat sich überhaupt nicht gefreut. Sie hat Schiss gehabt, dass sie was vergisst, und Schiss wegen ihrem Stottern, und am meisten Schiss hat sie vor ihrem Vater gehabt, dem Herrn Vál, und vor unserer Lehrerin Frau Verecká, die hat nämlich bestimmt, dass die Válová die Rezitation machen muss. Sie ist andauernd um die Bühne rumgelaufen, wo die ganzen Reden gehalten worden sind und wo sie ihr Gedicht aufsagen sollte, und jedes Mal, wenn sie zu einer Stelle mit ein bisschen Gebüsch gekommen ist, ist sie da reingekrochen und nach einer Weile wieder rausgekrochen und weitergelaufen.

Ich hab ein Stück entfernt alleine auf der Wiese gesessen und der Válová zugeguckt, und sie hat mir richtig leidgetan. Ich selber hab mir auch leidgetan, weil ich gewusst hab, was mich erwartet, und ich fand doof, dass wir nicht einfach tauschen konnten, wo wir doch dann beide froher gewesen wären. Mir hätte so eine Rezitation nichts ausgemacht.

Weil ich so wütend und traurig war, hab ich die Ameisen zerquetscht, die unter meinen Beinen rumgekrabbelt sind und manchmal auch auf meinen Beinen. Auf einmal hat jemand gesagt: »Na hör mal, was machst du denn da?« Ich hab mich rumgedreht und hinter mir stand ein Soldat, in der Hand hat er eine gestreifte Flagge gehabt zum Starten von den Wettkämpfen, und er hat ganz schön böse geguckt. Ich hab gar nix gesagt.

»Dich hab ich gefragt, Mädel, kannst mich ruhig angucken. Was haben dir denn die Ameisen da getan?«

»Nichts«, hab ich gesagt und auch ganz böse geguckt, damit er sieht, dass ich keine Angst vor ihm hab.

»Ja warum machst du's denn dann, warum tust du ihnen weh?«

»Weiß nicht.« Ich hab einfach so ein bisschen auf den Boden gestampft, bis mir die große Zehe angefangen hat wehzutun.

»Ameisen wollen auch auf der Welt sein, wie zum Beispiel du, und wenn du ihnen wehtust, dann spüren sie den Schmerz genauso. Auch wenn sie nicht sprechen können.«

»Gehn Sie das sagen?«, hab ich gefragt. Der Soldat hat mit der Hand abgewinkt und sich neben mich auf die Erde gesetzt.

»Ist dir was passiert?«

»Nee. Ich bin sauer, weil ich bei dem Wettkampf mitmachen muss und nicht will. Die lachen mich sowieso nur aus.«

»Das muss man eben aushalten«, hat der Soldat gesagt. »Das ist doch nicht schlimm!«

»Sie sagen das so einfach, wo Sie erwachsen sind. Da dürfen Sie sowieso machen, was Sie wollen, und Sie brauchen nichts machen, was Sie nicht wollen.«

»Ach, wo denkst du hin, das kommt dir nur so vor.«

»Und was zum Beispiel müssen Sie, was Sie überhaupt gar nicht wollen?«

»He, ich heiß Honza, du brauchst mich nicht zu siezen. Na, zum Beispiel muss ich bei der Armee sein. Das will ich echt überhaupt nicht, kein bisschen. Aber zum Glück nur noch vierzehn Tage.«

Ich wollte noch was über die Ameisen fragen, aber dann hab ich gesehn, dass die Válová auf die Bühne steigt.

»Guck mal«, hab ich den Honza auf sie aufmerksam gemacht, »mit der da steht's auch schlimm.«

Und schlimm war's dann tatsächlich. Die Válová ist zuerst schneeweiß gewesen, dann ist sie ganz rot angelaufen und dann hat sie mit dem Rezitieren angefangen. Sie hat gestottert wie noch nie, man hat überhaupt nichts verstanden. Sie hat bloß zwei von den sechs Strophen aufgesagt, aber das hat so lange gedauert, wie wenn's zwölf gewesen wären.

Dann war's irgendwie zu Ende, ich weiß nicht wie, ich hab nämlich vorher schon längst die Augen zugemacht, und um ein bisschen bessere Laune zu kriegen, hab ich mir statt der Válová auf der Bühne die Hinrichtung vom Ritter Dalibor vorgestellt. Das ging gut. Die Soldaten haben getrommelt und getrommelt und ein dreckiger Knappe hat den Dalibor gezwungen, niederzuknien und seinen Kopf auf den Richtblock zu legen.

»Arme Sau!«, hat der Honza gesagt.

Ich hab die Augen aufgemacht.

»Mir tut er auch ganz entsetzlich leid«, hab ich gesagt und ich hab gesehn, dass der Honza mich nicht verstanden hat. »Na dann, tschüs, ich muss jetzt los zum Sport«, hab ich gesagt. Ich wollte ihm lieber nicht erklären, was ich in meinem Kopf spiele, wo ihm das mit den Ameisen schon nicht gefallen hat.

Kurz danach hat unser Wettkampf über fünfzig Meter angefangen. Immer zu fünft. Zuerst sind die Mädchen gerannt. Die Jungs haben drumrum gestanden und rumgeschrien. Als ich dran gewesen bin, haben sie gerufen: »Moppidick, na los!« Ich hab dran gedacht, dass der Dalibor, wenn ich zumindest als vorletzte ankomme, noch begnadigt werden könnte. Aber ich hätte wahrscheinlich lieber an gar nichts denken sollen. Ich bin hingefallen, gleich als ich losgerannt bin. Ich hab mir das Knie aufgeschlagen und hatte Schürfwunden an den Beinen und an den Armen und am Kopf. Wahrscheinlich richtig doll, die Lehrerinnen sind nämlich angerannt gekommen und haben mich auf die Wiese gesetzt. Genau neben das Gebüsch, wo vorher die Válová immer hingegangen ist. Ich hab auf der Erde gesessen und hab geguckt, wie überall das Blut fließt und dass ich ein Loch im Bein hab und da drin Aschenkrümel. Ich bin ganz zufrieden gewesen, weil ich gewusst hab, dass ich nicht mehr weiter mitmachen muss. Die Fliegen sind um mich rumgeflogen und haben gesummt wie verrückt. Ich hab gedacht, dass sie ganz wild sind wegen meinem Blut, aber dann hab ich mich rumgedreht und hab gesehn, dass das Gebüsch hinter mir ganz vollgereihert ist. In meinem Kopf hat's schrecklich angefangen zu drehn, und wahrscheinlich bin ich in Ohnmacht gefallen, weil mich danach die Frau Verecká ganz seltsam von oben angeguckt hat und von ganz weit weg gerufen hat: »Součková, was ist denn mit dir? Steh auf! Na los! Komm zu dir!« Und dann hat sie die anderen Lehrerinnen gerufen: »Mädels, kommt mal, die ist uns weggeklappt. Was machen wir jetzt mit der?«

Aber das hab ich schon wieder ganz gut gehört, und ich hab mich wieder aufgesetzt.

»Na hurra!«, hat die Frau Verecká gesagt. »Hör mal, Součková, du gehst jetzt nach Hause, aber unterwegs schaust du lieber mal beim Arzt vorbei, ja? Und mit dir mit geht die Válová hier, falls dir wieder schlecht werden sollte.«

Ich hab dran gedacht, dass es viel schlimmer wäre, wenn der Válová wieder schlecht wird, aber Hauptsache, wir konnten gehn.

Wir sind ganz langsam über den Marktplatz zur Poliklinik gegangen. Das hat mir ein bisschen die Freude versaut.

»Es tut gar nicht mehr weh, wie wär's, wenn wir nicht da hingehn?«, hab ich die Válová gefragt.

»Das geht nicht, wenn das die Frau Verecká gesagt hat, dann müssen wir auch.«

Die Válová hat mich nicht mal angeguckt. Sie hat andauernd bloß auf ihre Schuhe gestarrt und so ausgesehn, als würde sie gleich anfangen zu heulen.

In der Poliklinik hat mir der Doktor das Knie mit einer Salbe eingekremt, er hat's verbunden und mir auch eine Tetanusspritze gegeben. Das ist gar nix weiter gewesen. Ich hatte bloß Schiss, dass er mich vielleicht mit Akutol besprühen will, wie die Kačenka das macht. Das tut hinterher dann immer viel mehr weh als vorher.

Als ich aus dem Sprechzimmer rausgekommen bin, hat die Válová im Wartezimmer gesessen und sich ihre Sohlen angeguckt. Sie ist gleich aufgestanden und wieder mit mir mit. Die Zdena hat gesagt, dass der Vál die Válová schrecklich verdrischt, das sind nämlich denen ihre Nachbarn.

»Ich geh jetzt ins Theater. Willst du auch mit?«

Sie hat den Kopf geschüttelt.

»Gehst du nach Hause? Oder wo gehst du hin?«

»Zu meiner Mutti«, hat die Válová gesagt.

Ihre Mutter unterrichtet in der Hilfsschule die Dummis, und deswegen ist sie ganz streng.

»He, komm mit in die Kirche gucken«, hab ich gesagt, weil wir gerade da vorbei gegangen sind.

»Und was ist da?«, hat die Válová gefragt.

»Wie: was da ist? Plastiken, Gemälde, der liebe Gott, bunte Fenster, alles mögliche … Bist du etwa noch nie da drin gewesen?«

Da hat sie gleich wieder ihre Schuhe angestarrt.

»Dann komm mit gucken, das ist echt schön dort.«

»Ich kann nicht. Mein Vati darf da nicht rein, weil er Soldat ist, und ich darf nicht, weil er mir's verboten hat.«

»Komm, sei doch nicht so 'ne Lusche!«, hab ich gesagt.

Aber die Válová ist wieder rot geworden und mir ist das vollgereihte Gebüsch eingefallen.

»Dann geh ich eben allein. Wenn du willst, kannst du ja hier auf mich warten.«

Ich hab bloß ein bisschen Kirchenduft geschnuppert und hab auch gebetet: »Lieber Gott, ich hab dir die Ameisen zertrampelt und du hast mir dafür das Knie aufgeschlagen, dann darfst du jetzt auch nicht mehr böse sein.«

Draußen auf den Stufen zur Kirche sind drei Zigeunerjungs rumgehopst und ein Mädchen und sie haben Indianer gespielt. Der größte hat eine Schere in der Hand gehabt und hat bei den anderen unten an den Nickis rumgeschnippelt, damit sie solche Fransen haben wie die Indianer auch immer. Die Válová ist weg gewesen.

»Isch bin Ribana!«, hat das Mädchen geschrien und sich zwei lange Zöpfe hinter die Ohren gehalten. Aber nicht ihre eigenen, die da sind blond gewesen mit roten Marienkäfern am Ende. Ich bin dann ganz schnell gegangen, obwohl mir das Bein noch ganz schön wehgetan hat. Ich musste die ganze Zeit da dran denken, was die Válová dem lieben Gott so Schreckliches angetan hat.

Als ich in die Nähe vom Theater gekommen bin, da hab ich ein bisschen angefangen zu trödeln, weil mir eingefallen ist, dass die Kačenka, wenn sie mich gleich sieht, entweder einen Schreck kriegt oder mich ausschimpft – oder beides. Der Doktor hat mir zwar einen Verband ums Knie gewickelt, aber ansonsten bin ich ganz schön mit Blut eingesaut gewesen. Ich wollte mich lieber noch eine Weile auf die Bank vor dem Eingang setzen und, wie die Omi Zákopy immer sagt, mir das Chemisettl gerade rücken.

Auf der Bank hat schon wer gesessen. Es ist die Berenčičová gewesen, ich hab nicht gewusst, wie sie mit Vornamen heißt, weil sie neu ist im Theater. Ich hab mich neben sie gesetzt und Guten Tag gesagt, aber sie hat was in so ein winziges Notizbuch reingeschrieben und mich überhaupt nicht beachtet. Ich wollte sie auch nicht beachten, aber ich brauchte ein Taschentuch zum Abwischen von dem verschmierten Blut und ich hatte keins, und da hab ich gesagt: »Frau Berenčičová, würden Sie mir bitte ein Taschentuch borgen? Ich schnaub Ihnen auch nicht da rein, ich brauch das bloß fürs Blut.« Die Berenčičová hat mit Schreiben aufgehört und mich angeguckt.

»Sonst krieg ich Schimpfe«, hab ich gesagt.

»Du kennst mich?«, hat sie gefragt.

»Nein, aber ich weiß, dass Sie die Frau Berenčičová sind, unsere neue Schauspielerin. Ich bin nämlich auch vom Theater und ich heiß Helena Součková, so wie die Kačenka, aber mein Papi heißt Brďoch.«

»Aha«, hat die Berenčičová gesagt, »die zwei find ich, glaub ich, ganz gut.«

»Na ja, ich auch«, hab ich gesagt.

»Hör mal, ich bin nicht verheiratet, also bin ich nicht irgendeine Frau Soundso. Du kannst Jolana zu mir sagen und mich duzen.«

Sie hat mit mir geredet, aber sie hat wieder weitergeschrieben.

»Jolana? Was schreibst du da?«

»Mein Testament«, hat die Berenčičová gesagt, das Notizbuch weggesteckt und sich eine Zigarette angezündet.

»Was ist das?«

»Das ist so ein Zettel, wo du aufschreibst, wer was bekommen soll, wenn du mal stirbst. Wer zum Beispiel dein Spielzeug bekommt und so.«

»Na, wahrscheinlich der Pepíček oder die Soňa Kučerová, das ist meine Cousine, aber die kann ich nicht besonders leiden, die ist nämlich dumm.«

»Na siehst du, genau deshalb schreibe ich das. Damit niemand was von mir erbt, den ich nicht leiden kann.«

»Und du musst sterben?«

»Du auch, jeder muss mal sterben. Nur kennen wir nicht Tag noch Stunde.«

Ich wollte sagen, dass ich noch klein bin, aber dann hab ich dran gedacht, dass ich mir manchmal auch schon ganz schön groß vorkomme. Da hab ich nichts gesagt. Aber sie hat sowieso erkannt, an was ich gedacht hab, sie hat nämlich gesagt: »Du musst nicht alt sein, dich kann zum Beispiel ein Auto überfahren oder es bringt dich jemand um. Das kommt vor.«

»Na ja, oder ich kann zum Beispiel ein Herz haben«, ist mir die Olinka Hlubinová eingefallen.

»Pfeif aufs Herz«, hat die Berenčičová gesagt. »Das rat ich dir sehr!«

Die Berenčičová ist ganz klein gewesen, mit lauter Sommersprossen, auch auf den Armen, und sie hat rote Haare gehabt.

»Hast du Probleme?«, hab ich gefragt, aber dann hab ich einen Schreck gekriegt, dass sie vielleicht sauer auf mich ist.

»Probleme?«, hat die Berenčičová gelacht. »Ach wo, von wegen Probleme. Die Kacke ist am Dampfen, verflucht am Dampfen, andauernd, immer wieder. Schon von klein auf.« Die Berenčičová ist aufgestanden. »Also tschüs, ich muss weg, auf mich wartet so 'n geiler alter Bock.«

»Was für 'n Bock?«

»Unterrock«, hat die Berenčičová gesagt und ist gegangen.

Bei der Mami vor der Garderobe hat die Yveta Panýrková gestanden, das ist auch eine fast neue Schauspielerin, die jetzt mit der Andrea Kroupová befreundet ist. Sie hat sich an der Wand angelehnt, und als ich zu ihr Guten Tag gesagt hab, da hat sie einen Schreck gekriegt. Ich wollte die Tür aufmachen, aber es ging nicht. Ich hab ordentlich an der Klinke gerüttelt. Aufgemacht hat mir die Andrea Kroupová, die muss direkt hinter der Tür gestanden haben.

»Hallo«, hab ich gesagt.

»Na gut, wie du meinst«, hat die Andrea zur Kačenka gesagt, »wie du halt meinst. Ich hab dich gewarnt.«

»Ich bin sechsunddreißig«, hat die Kačenka geschrien, »und ich werde in keinen Kommunistischen Jugendverband eintreten! Und wenn du eben um alles in der Welt wissen willst, was ich davon halte, na gut: Ich find das alles eine Riesenschweinerei! Reicht dir das?«

»Das reicht. Hallo, Helenka.« Und dann ist die Andrea davongerauscht.

Es ist für mich alles noch gut ausgegangen, weil der Kačenka überhaupt nicht aufgefallen ist, wie ich aussehe.

8

Wie wir einen Partisanen ausgebuddelt haben

Der Pepa und die Kačenka haben mir erlaubt, zu den Jungpionieren zu gehn! Zuerst haben sie sich in der Küche eingeschlossen und sich gegenseitig angebrüllt, darüber, was
Sinn hat und was keinen Sinn hat, und dann haben sie mich
reingelassen und sind rausgegangen und haben in der ganzen
Wohnung mit den Türen geknallt. Zum Schluss sind sie dann
wieder zurückgekommen und haben gesagt, dass ich hingehn kann, wenn ich will. Die Kačenka ist mir ein bisschen
verheult vorgekommen und sie hat ziemlich rumgeflucht.

Das macht sie in letzter Zeit oft, sie heult und flucht. Ich
find aber, dass die Jungpioniere überhaupt keine blöde Kacke
sind, ich find's dort klasse. Unsere Pioniergruppe heißt
»Fröhliche Lemminge« und unsere Pionierleiterin heißt
Anděla und geht schon aufs Gymnasium.

Ich bin mit ihnen auf dem ersten Ausflug gewesen und ich
bild mir da auch was drauf ein, sie haben mir nämlich erlaubt, da drüber was ins Gruppenbuch zu schreiben und vor
allem ein Bild zu malen. Das Kapitel heißt ›Auf den Spuren
der Partisanen‹, aber das heißt so bloß so, weil die Partisanen
nämlich in Wirklichkeit furchtbar aufgepasst haben, damit
sie keine Spuren hinterlassen. Und es muss außerdem auch
noch so heißen, weil unsere Aktion so heißt. Aktion sagen
wir zu einem Ausflug oder zu allem sonst, was wir als Jungpioniere machen. Der Ausflug ist eine Aktion gewesen zum
9. Mai, als die Sowjetunion mit den Partisanen und mit den

Kommunisten unsere Heimat von den Deutschen befreit hat, die Russaken sind damals nämlich noch nett gewesen. Ich glaub, dass denen auch der Bella Tschau geholfen hat, wahrscheinlich singen wir deswegen dauernd von ihm.

In der Nähe von Ničín ist das Dorf Toužim und daneben der Palice-Hügel, wo die letzten Schüsse des Zweiten Weltkriegs gefallen sind. Darum steht auf dem Palice-Hügel ein großes Denkmal und dort werden fast die ganzen Ničíner Aktionen gemacht. Und genau da hin sind wir bei unserem Ausflug.

Wir sind über die Felder und durch die Wälder gekommen, wo früher haufenweise Partisanen und Faschisten rumgerannt sind. Die Partisanen haben in Semljankas gewohnt, das sind so Löcher in der Erde, die haben sie in der Sowjetunion erfunden. Wenn die Deutschen einen Partisan erschossen haben, dann haben ihn die anderen Partisanen im Wald eingebuddelt. Aber sie haben für ihn kein Grab gemacht, nein, die sind sogar ganz lange auf der Erde rumgehopst und rumgetrampelt und haben oben drauf noch Moos und Tannenzapfen gepappt, damit die Deutschen nichts finden. Obwohl ich nicht weiß, warum, wo er doch eh schon tot war. Aber es ist so gewesen, das hat uns nämlich unterwegs der Vladimír erzählt.

Der Vladimír ist nicht unser Pionierleiter, sondern so ein Mann, den die Anděla mit auf den Ausflug mitgenommen hat, und sie hat zu uns gesagt, dass das ein Fachmann für Partisanen ist. Er hat total ausgesehn wie das Jesuskind, als es schon alt gewesen ist, und genauso böse hat er auch geguckt. Er hat überhaupt nicht den Anschein gemacht, dass er uns was über Partisanen erzählen will. Und die Lenka Krátká, das ist die Tochter von unserer Lehrerin Frau Krátká, als die ihn gefragt hat: »Genosse Vladimír, stimmt's, Sie heißen so nach dem Genossen Lenin?«, da hat er zu ihr gesagt: »Das kann sein, meine Eltern waren nicht besonders scharf auf mich, Genossin Mädchen.« Und er hat noch böser geguckt.

Bloß, die Anděla, die hat ihn schnell hinter einen Baum gezerrt und da hat sie ihm irgendwas erklärt und dabei ganz schrecklich mit den Armen rumgefuchtelt. Als sie wiedergekommen sind, da hat er schon ganz anders geguckt, und als wir dann ein Lagerfeuer gemacht haben und uns Würstchen gebraten haben, da hat er sich aus seiner Brottasche ein Bier rausgeholt und hat endlich angefangen, uns was über das Leben von den Partisanen zu erzählen.

Das ist total interessant und abenteuerlich gewesen, bloß, mir ist die ganze Zeit im Kopf rumgegangen, wie sie sich den ganzen Krieg in den Wäldern um Ničín herum verstecken konnten und gegen die Deutschen kämpfen, wo die Wälder doch überhaupt nicht dicht sind, man kommt jedes Mal gleich wieder bei einem Ende an. Aber der Vladimír hat mir erklärt, dass sie erstens massenhaft diese Semljankas hatten, und dann, dass die Ničíner Partisanen so eine besondere Art von Partisanen gewesen sind, klein und schrecklich flink, und da konnten sie eben Haken schlagen wie verrückt und auch auf den Bäumen rumklettern. Aber weil sie wirklich ganz schön schlechte Bedingungen hatten, sind auch so viele von denen gefallen. Deswegen sind um Ničín rum massenweise Partisanen vergraben.

Wir haben zugeguckt, wie das Feuer runterbrennt, und überhaupt keiner hat was gesagt. Ich glaub, dass alle angefangen haben, ein bisschen Schiss zu kriegen. Ich auf jeden Fall. Der Vladimír hat sein Bier ausgetrunken und ist aufgestanden und hat zwischen die Bäume gezeigt.

»Guckt mal«, hat er gesagt, »seht ihr dort drüben den großen Haufen Tannenzapfen? Kommt euch das nicht verdächtig vor? Mir schon. Und die weiche Mooskuhle da in Form eines Rechtecks, die ist auch ganz schön eigenartig, oder nicht? Hört mir gut zu! Ich würde sagen, dass ihr inzwischen auch begriffen habt, was dort verborgen sein könnte. Deshalb hab ich für euch einen Vorschlag: Ihr seid jetzt: zwo, vier, sechs. Also, ihr teilt euch auf in zwei Mannschaften zu drei Leuten, ihr nehmt euch Taschenmesser und Stöcke und untersucht die beiden Stellen. Die verkünden nichts Gutes. Wenn mich mein Instinkt als Fachmann nicht täuscht, dann … Na, ich will euch keine Angst machen. Seht ihr das Messer hier?« Der Vladimír hat von irgendwoher einen unglaublich langen Hirschfänger vorgeholt. »Diesen Stahl hab ich mir als Andenken von einem mitgenommen, den ich voriges Jahr ein Stück von hier ausgegraben hab. Das hat damals in allen Zeitungen gestanden. Dann mal los, falls ihr keine Angst habt.«

»Haben wir nicht«, hat der Secký geflüstert, der vielleicht sogar eine Drei in Betragen kriegt.

Alle anderen sind still gewesen.

»Ausgezeichnet!«, hat der Vladimír gesagt. Dann hat er der Anděla den Arm um die Schultern gelegt.

»Ich geh inzwischen mit der Anděla weiter in den Wald rein, nach anderen gucken. Wir kommen so in einer halben Stunde wieder und dann erstatten wir euch Bericht. Wenn was ist, dann schreit.«

Die Anděla hat nicht besonders begeistert ausgesehn und versucht, dem Vladimír das auszureden, aber der Vladimír hat sie hinter sich hergezerrt und uns zugerufen: »Seht ihr, Kinder? Auch eure Pionierleiterin hat Angst. Da muss man sich überhaupt nicht schämen, Hauptsache, man schafft es, sie zu überwinden.«

Die Anděla hat sich noch ein paarmal umgedreht, und dann sind die beiden im Wald verschwunden. Ein bisschen dicht ist der Wald dann doch gewesen.

Wir sind genau drei Mädchen und drei Jungs gewesen.

Die Jungs haben natürlich gesagt, dass sie zusammen eine Mannschaft sind, und wir sollen unsere eigene machen. Sie haben sich über den Haufen mit den Tannenzapfen hergemacht.

Wir haben angefangen zu buddeln. Ich hab drüber nachgedacht, dass der Pepa heut Geburtstag hat und dass wir abends feiern. Ich hab mir auch Sorgen gemacht, ob ich es noch schaffe, ein Geschenk für ihn zu kaufen, und dass hoffentlich nicht alle Geschäfte zumachen, bevor wir nach Ničín zurückkommen. Vor allem die Drogerie. Aber es hat die ganze Zeit so komisch in meinem Handgelenk gezuckt und in meinem Kopf. Dann ist mir eingefallen, dass es abends bestimmt Torte gibt, und ich darf mir ausnahmsweise auch was nehmen und vielleicht sogar noch ein Stück zum Frühstück. Das hat mir ein bisschen weitergeholfen.

»O Gott, ein Bein!«

Das hat der Secký gebrüllt. Das Taschenmesser ist mir aus der Hand gefallen. Die Zdena hat gekreischt und die Krátká ist hingeflogen, wie wenn ihr jemand gegens Knie getreten hätte. Der Secký hat gefeixt und vor Freude einen Luftsprung gemacht.

»So ein Rindvieh!«, haben die Jungs geschrien, aber sie haben sich auch gefreut.

Die Krátká ist stinksauer gewesen. Sie hat sich ein Stück weiter weg ins Moos gesetzt und eine Schokowaffel aus ihrer Tasche rausgeholt und gesagt, dass sie jetzt die Schnauze voll hat.

»Ich geh das sagen«, hat sie gesagt. »Ich erzähl das meiner Mutti. Der Kerl ist sowieso komisch, und wenn hier irgendwelche Partisanen sind, dann soll die VP die doch finden.«

Da haben bei unserer Mannschaft bloß noch ich und die Zdena weitergebuddelt. Wir hatten bald eine richtig große Grube und sind schon ganz schön dreckig gewesen.

»Die Lenka Krátká macht vor Schreck in ihre Schlüpfer einen Fleck!«, hat der Secký gesungen.

Ich musste lachen, obwohl ich weiß, wie das ist, wenn man von allen ausgelacht wird. Aber wenn die Krátká nun mal, ich weiß auch nicht …

Auf einmal bin ich auf was Hartes gestoßen. Ich dachte, das ist ein Stein, aber auch als ich ganz doll an der Seite weitergekratzt hab, konnte man's nicht rausholen. Es ist was Größeres gewesen.

»Zdenka!«, habe ich gesagt und es klang so, wie wenn ich Angina hab. »Komm mir mal helfen.«

Schon wieder hat's bei mir am ganzen Körper gezuckt. Endlich hat sich etwas bewegt.

»Jungs! Anděla! Hilfeee!«

Alle sind angerannt gekommen und wir haben das Ding angestarrt. Es war ein Knochen. Groß und lang. Ein Partisan!

»Ach du große Kacke«, hat der Secký gesagt.

Die Zdena hat die ganze Zeit bloß gekreischt. Zwischen den Bäumen ist der Vladimír aufgetaucht und nach einer Weile auch die Anděla. Aber die ist ganz langsam gegangen und so komisch rumgetorkelt. Als sie näher rangekommen ist, da haben wir gesehn, dass ihre entsetzlich dicke Brille, die sie in der Hand gehabt hat, in lauter kleine Stücke zerbrochen war. Ihre Haare sind auch ganz zerstrubbelt gewesen, und sie hat überhaupt so komisch ausgesehn. Wir haben ihnen erzählt, was passiert ist, und wir haben dem Vladimír den Partisan gezeigt. Aber der Vladimír hat uns enttäuscht. Er hat gesagt, dass das eine ernste Angelegenheit ist und dass es auch schon ganz schön spät ist, und wir buddeln jetzt den Knochen schön wieder hier ein und er, also der Vladimír, wird den Fund bei der VP in Ničín melden. Er hat fast genauso geredet wie vorher die Krátká, und mir kam's so vor, wie wenn er sich jetzt überhaupt nicht mehr dafür interessiert.

»So, meine Herrschaften«, hat er gesagt, »jetzt gehen wir alle schnurstracks zum Bus, die Anděla hat sich nämlich auf ihre Brille gelegt, also getreten und sie kann nicht zu Fuß zurück. Ihr habt ein hohes Maß an Tapferkeit gezeigt, euch gilt meine uneingeschränkte Bewunderung.« Dabei hat er andauernd der Anděla zugeblinzelt, aber die hat das nicht gesehn. Ich glaub, die hat überhaupt gar nichts gesehn.

»Vladimír, dann nehmen wir aber wenigstens den Knochen mit, wo wir uns damit schon solche Mühe gegeben haben«, hab ich ihn gebeten. Der Vladimír hat gleich wieder böse geguckt.

»Ansonsten glauben dir das die Bullen auch gar nicht«, hat mich der Secký unterstützt, »und da hätten wir dann echt drauf pfeifen können.«

»Na gut«, hat zum Schluss dann der Vladimír eingewilligt. »Gebt her.«

Er hat den Knochen eingesteckt und die Bierflaschen und wir sind nach Hause gefahren.

In Ničín bin ich gleich auf dem Marktplatz in die Drogerie gegangen und hab dem Pepa für neun Kronen Pitralon-Wasser für nach dem Rasieren gekauft und ich hatte noch was übrig für Astra-Rasierklingen für fünf Kronen. Als ich in der Schlange an der Kasse gewartet hab, da hab ich gesehn, wie die Anděla mit dem Vladimír vor dem Laden steht und wie sie über irgendwas lachen und sich Küsschen geben. Auf einmal hat der Vladimír seinen Tornister aufgemacht und den Partisanenknochen rausgenommen und hat ihn in einen Mülleimer geschmissen. Dann sind sie weggegangen. Ich bin raus und hab mich vorsichtig umgeguckt, ob mich auch niemand beobachtet, und dann hab ich den Knochen ganz schnell wieder rausgeholt. Ich hab ihn in meine Brottasche gesteckt, aber der ist so lang gewesen, dass immer noch ein Stück rausgeguckt hat. Ich musste ihn auf dem Heimweg unauffällig mit einer Hand zuhalten und so tun, wie wenn nix wäre.

Am Theater hab ich die Berenčičová getroffen. »Hallo, Helča!«, hat sie mir zugeschrien. »Wo willst du denn mit dem Schweineknochen hin? Kriegt Pepa den zum Geburtstag?«

»Das ist kein Schwein, sondern ein Partisan«, hab ich gesagt und bin ganz schön sauer gewesen auf die Berenčičová.

»Mir kannste nichts vormachen, ich bin aus 'ner Bauernfamilie. Du, ich komm heut Abend auch zu euch. Aber erst nach der Probe, da bist du sicher schon längst in der Falle. Also tschüssi.«

So was Freches! Der hat bestimmt keiner gesagt, dass sie zu uns kommen soll. Na ja, aber wenn sie nun doch recht hat? Mir ist das jedenfalls alles im Kopf rumgegangen und ich hatte keine Lust, dass sich alle über mich lustig machen. Sicherheitshalber hab ich den Partisan im Gebüsch vor unserem Haus versteckt und bin zur Torte gegangen.

Torte gab's wirklich und davor noch Schnitzel mit Kartoffelsalat. Ich hab die Kačenka gefragt, aus was die Schnitzel gemacht sind, ob sie aus einer Kuh sind oder aus einem Schwein. Sie hat gesagt, Schwein, da hab ich sie gefragt, ob davon nicht irgendwelche Knochen übrig sind, und die Kačenka hat gesagt, dass in Schnitzeln gar keine Knochen drin sind, aber wenn ich noch Hunger hab, dann kann ich mir ausnahmsweise was nachholen. Ich hab gesagt, dass ich lieber noch Torte will, und dann hab ich nix mehr da drüber gesagt. Nach dem Essen musste der Pepíček schlafen gehn, aber dann ist der Herr Dusil gekommen und der Luděk Starý und die Lída Ptáčková mit dem Ťutim und ich durfte bis halb zehn aufbleiben.

Ich hab dem Pepa die Geschenke gegeben und ihm alles Gute zum dreißigsten Geburtstag gewünscht.

»Helča, weißt du, was es bedeutet, wenn du nach deinem Dreißigsten aufwachst und dir nichts wehtut?«, hat der Pepa gefragt, aber ich hab's nicht gewusst.

»Das bedeutet, dass du im Sarg liegst.«

Äks, solche Witze! Aber Hauptsache, dass ihm das Pitralon gefallen hat. Danach ist was ganz Tolles passiert. Die Kačenka hat alle in die Küche geschickt, und als sie uns zurückgerufen hat, da hat mitten im Zimmer so eine Kiste gestanden, oder eigentlich ein Haufen Kisten, die sind mit einem Bettlaken zugedeckt gewesen. Die Kačenka hat gesagt: »Eins, zwei, drei – er lebe hoch!« und sie hat an dem Tuch gezogen und da stand ein Plattenspieler! Der Pepa hat von der Kačenka einen Plattenspieler gekriegt und drei Platten: ›Mein Vaterland‹ vom Bedřich Smetana, ›Volkslieder‹ vom Waldemar Matuška und ›Ztracenka singt‹, da weiß ich nicht, von wem. Alle haben geklatscht und sich umarmt und haben gleich den Waldemar Matuška aufgelegt und mit ihm die ganzen Volkslieder von ihm mitgesungen, vor allem ›Mädchen, Mädchen, welke Blüte‹ – immer wieder von vorne. Das ist so toll gewesen, dass sie mich ganz vergessen haben. Als es ihnen wieder eingefallen ist, da war's schon zehn durch und sie wollten mich schnell schlafen schicken. Bloß, auf einmal hat's an der Tür geklingelt, und als der Pepa aufgemacht hat, da stand die Jolana Berenčičová auf der Schwelle. Ihr ist von den Haaren übers Gesicht bis runter auf ihr Nicki Blut getropft. Alle haben angefangen irgendwas zu schreien, bloß der Pepa, der hat die Jolana ins Bad gebracht und dann auf einen Sessel gesetzt und sie ganz leise gefragt, was passiert ist.

»Sie haben mir eine Abreibung verpasst«, hat die Berenčičová gesagt, »sie haben mir einfach ein bisschen die Fresse poliert.«

»Wer?«

»Die Kroupová und die Panýrková. Die sind mir nach der Probe hinterhergekommen bis in meine Wohnung, wegen dem Jugendverband, und ich hab denen gesagt, sie sollen sich verpissen. Ich hab denen gesagt, dass ich sicherlich eine mindestens genauso große Nutte bin wie sie, aber nicht so ein Schwein. Da haben sie abgeschlossen, haben mich vermöbelt und sind abgehauen.«

»Großer Gott, was sollen wir denn nur machen?«, hat die Kačenka mit ganz komischer Stimme gefragt.

»Zu allererst: Gebt mir 'n ordentlichen Schnaps«, meinte die Jolana, und als sie ihn ausgetrunken hatte, da hat sie gesagt, dass es schon wieder in Ordnung ist. Und weil niemand gewusst hat, was man machen könnte, haben sie mich zumindest schlafen geschickt. Bloß die Berenčičová hat geschrien: »Lasst sie nur hier! Lasst das Kind ruhig hier, damit sie sieht, wie das Leben aussieht. Das wahre, verfickte Leben.«

»Das Leben, Jolana, das Leben ist kein Zuckerschlecken«, hat der Pepa gesagt. »Aber mal unter uns: Mit zwanzig, mit zwanzig, da ist das sowieso noch alles erst mal bloß Spaß.«

Früh hab ich dann den Partisan total vergessen, und als ich nachmittags aus der Schule wiedergekommen bin, da ist der Schweineknochen nicht mehr dagewesen.

9

Wie es bei uns zum Mittag Innereien gegeben hat

Gestern gab's bei uns zum Mittag was ganz Furchtbares. Das hieß Lungenhaschee, das ist so was wie Fleisch, aber so richtiges Fleisch, wo's immer so ein flaches, gerades Stück gibt, wie zum Beispiel Schnitzel, ist das auch nicht. Das sind so kleine, furchtbar weiche und glitschige Stückchen, die sehn aus, wie wenn sie jemand in die Soße reingespuckt hätte. Ich hab gesagt, dass ich nichts esse, weil ich keinen Hunger hab und weil ich schon seit früh schrecklich Bauchschmerzen hab. Und das hat echt gestimmt. Gleich, als ich nach dem Frühstück gehört hab, was die Kačenka zum Mittag kocht, da hat mein Bauch angefangen wehzutun wie verrückt. Aber sie haben mir das eh nicht geglaubt, und der Pepa hat so bedrohlich geguckt, dass ich gleich gesehn hab, dass mir das auch nix nützt. Da hab ich erst mal alle Makkaronis aufgegessen, die's dazu gab, und als die dann alle gewesen sind, da hab ich versucht, das andere in den Mund zu nehmen und schnell ein bisschen runterzuschlucken. Ich hab dabei die Augen zugemacht, aber es ging trotzdem nicht. Der Pepa und die Kačenka und der Pepíček, die sind schon fertig gewesen. Der Pepíček ist spielen gegangen und die beiden haben da gesessen und mich böse angeguckt und sie haben gewartet, bis ich das auch aufesse. Dann hab ich gesagt, dass ich pullern gehn muss. Ich hab mir schnell so viel von dem Haschee in den Mund gesteckt, wie reingepasst hat, und hab die ganzen Lungen ins Klo gespuckt. Aber trotzdem war immer noch furchtbar viel davon auf dem Teller. Zum Schluss ist der Pepa dann aufgestanden und hat gesagt, dass er das nicht mehr mit ansehn kann, und er hat mit der Tür geknallt und ist weggegangen. Die Kačenka hat dann gesagt: »Du liebes bisschen, gib her«, und sie hat den Rest weggeschmissen. Das ist mein Glück gewesen, sonst hätte ich reihern müssen wie die Fische.

Am Sonnabend bin ich mit der Kristýna und mit dem Herrn Doktor Macháček bei den Macháčeks auf der Datsche gewesen. Die Frau Macháčková war auch dort, aber die redet nicht viel mit uns, die kocht mehr oder sie strickt. Die Macháčeks haben ihre Datsche am Stausee, ein Stück von Ničín weg, die ist ganz aus Holz und es passen nicht alle auf einmal rein.

Im Garten vor der Datsche haben sie haufenweise so winzige Beete gemacht und die Frau Macháčková hat dort alles Mögliche für die Suppe gepflanzt. Gleich, als wir angekommen sind, hat sie angefangen da rumzubuddeln und der Herr Macháček hat uns mit ans Wasser genommen.

Der Stausee ist so riesig, dass man nicht bis zum anderen Ufer rübergucken kann, und es sieht fast aus wie am Meer. Aber er macht überhaupt keine ordentlichen Wellen und es gibt da drin auch keine Muscheln und keine Quallen. Der Herr Macháček hat sich auf einen Baumstumpf gesetzt und hat geraucht und ich bin mit der Kristýna bloß so am Wasser lang getrödelt, weil's zum Baden zu kalt gewesen ist.

Ich hab der Kristýna erzählt, wie das richtige Meer aussieht. Dass es gut riecht und auch total gut schmeckt. Dass es am Ufer vom Meer Strände gibt, das sind solche Wiesen aus Sand, da kann man alles Mögliche spielen und man kann lauter interessantes Zeug finden. Dass das Meer so weit reicht, dass man überhaupt nicht erkennen kann, wo das Wasser aufhört und wo die Wolken anfangen. Na ja, man kann's schon erkennen, aber bloß, wenn ein Schiff kommt.

Ich hab ihr auch erzählt, wie man auf Bulgarisch »Eis« sagt und »Gute Nacht« und dass die Bulgaren, wenn sie »ja« meinen, mit dem Kopf schütteln, wie wenn sie »nein« meinen würden, und andersrum, und dass es dort im Geschäft so längliches weißes Brot gibt und überhaupt kein Fleisch und in der Konditorei bloß eine Sorte viereckige durchsichtige Bonbons oder auch so eine süße Pampe in runden Blechbüchsen. Wie sie die Leichen in einem offenen goldenen Sarg rumtragen und was für Sehnsucht ich danach hab. Sie wollte das überhaupt nicht glauben, aber ansonsten hat sie nix gesagt. Ich hab gedacht, dass sie mir ja vielleicht auch was erzählen könnte, bloß, sie redet furchtbar wenig. Fast genauso wenig wie die Frau Macháčková.

Ich weiß sowieso nicht, ob ich im Stausee gebadet hätte, weil am ganzen Ufer lang auf dem Wasser so ein ekliger, dicker, gelbweißer Schaum geschwommen ist. Auf der Rückfahrt hab ich gefragt, wo der Schaum herkommt, und der Herr Macháček hat gesagt, das kommt davon, dass die Fische kotzen.

Ich fand das schrecklich interessant, und deswegen bin ich zu Hause gleich zur Kačenka gegangen, aber die Kačenka hat gerade im Zimmer auf dem Fußboden gekauert und ihre Übungen mit dem Rädchen gemacht. Das Wasser hat schon total von ihr runtergetropft, weil sie die ganze Zeit so hin- und hergerollt ist, und sie hat überhaupt nicht aufgepasst, was ich sage. Sie macht wieder mal so eine Diät, die heißt Eierdiät, weil man bloß lauter hart gekochte Eier essen muss und überhaupt nichts anderes.

Da kann sie natürlich prima am Sonntag zum Mittag Lungenhaschee kochen, wo sie das dann gar nicht essen braucht. Ich würde auch lieber hart gekochte Eier zum Mittag essen, aber ich darf nicht, obwohl ja eigentlich ich abnehmen müsste, wo doch die Kačenka sowieso immer dünn ist, meinetwegen könnte sie ruhig lauter Torte essen.

Den Pepa hätte das mit den Fischen bestimmt interessiert, aber der ist gerade im Theater gewesen, da bin ich das wenigstens dem Pepíček erzählen gegangen. Er hat mich angeguckt wie 'n Omnibus, und dann hat er bloß gesagt: »Is ess kein Fiss, is ess lieber Snitzel.«

Na ja, und am nächsten Tag ist dann der Sonntag gewesen mit dem Lungenhaschee. Schnitzel gab's erst, als die Prager Oma Dáša mit der Tante Marta Krausová zu Besuch gekommen ist.

Da gab's ein riesiges Hurra, aber nicht, weil sie so selten nach Ničín kommen, das Hurra gab's, weil die Kommunisten die Tante Marta nach Amerika lassen. Nach Amerika lassen die nämlich andauernd nie jemand. Die Tante Marta hat ihren Antrag zwanzig Jahre lang jedes Jahr da hingeschickt und sie hat gar nicht mehr geglaubt, dass die ihr das irgendwann mal echt erlauben.

Sie ist schon alt, noch viel älter als die Oma Dáša, sie hat weiße Haare und lauter Falten. Aber sie fährt. Angeblich schon in einer Woche, hat sie gesagt, damit die sich das nicht wieder anders überlegen. Sie fährt weg und kommt nie wieder zurück. Das find ich doof, weil die Tante Marta eine wahnsinnig gute Prager Freundin von mir ist, vielleicht sogar die beste, mit der Tereza schreib ich mich irgendwie nicht mehr besonders. Die Tereza hat mich wahrscheinlich schon vergessen, weil's in Prag noch viel bessere Sachen gibt als mich.

Die Tante Marta hat mir viel vom Onkel Krause erzählt, vom Krieg und von vor dem Krieg, und von einem Haus, das heißt Mánes, so wie der berühmte tschechische Maler, aber das ist was völlig anderes, und noch lauter andere Geschichten, die mir noch nie jemand erzählt hat. Sie hat immer ihre rote Perücke aufgehabt, die heißt angeblich Tiez-Jan, und sie hat nach Zigaretten geduftet. Ich hab gar nicht gemerkt, dass sie eigentlich so alt ist, und ich hab gar nicht mehr dran gedacht, dass sie mir davonfährt. Bloß, ihr sind eben alle schon längst davongefahren.

Die Kačenka hat Schnitzel gekocht mit Kartoffelbrei, und der Pepa hat Bier gekauft und Wein und er hat die ganze Zeit zur Tante Marta gesagt: »Ja ja, Martl, immer rein in den Schnabel, das letzte tschechische Abendessen und Sense!« Und jedes Mal hat er mit der Hand auf den Tisch gehaun. Er hat das pausenlos gesagt und die Kačenka hat sich über ihn aufgeregt, warum er die Tante Marta quält.

Aber die Tante Marta hat ihm das nicht übel genommen. Sie hat gelächelt und bei jedem Mal gesagt: »Na ja, Kinders, ist doch wahr!«

Zum Schluss hat der Papi dann bloß noch »Sense!« gesagt und ich musste ins Bett. Bevor ich eingeschlafen bin, hab ich gehört, dass alle so ein Lied singen: »Dort hinter dem Meer aus Bier, da haben sie die Arbeit verboten …« Das findet mein Papi total klasse.

Früh, als alle noch geschlafen haben, bloß ich hab gelesen und der Pepíček hat in seinem Bettchen Mammut gespielt, da hat's erst ganz lange geklingelt und dann hat wer fürchterlich gegen die Tür gewummert. Ich wollte schon aufmachen gehn, aber zum Schluss ist der Pepa dann doch rausgekommen und ganz verwurschtelt ist er gucken gegangen, wer das ist.

Im Treppenhaus hat der Mann von der Andrea Kroupová gestanden, der Robert Čušek, noch verwurschtelter als der Pepa, und er hat geschrien: »Das is ja 'n starkes Stück, Kumpel, ich hätt mich hier beinah vollgekotzt.« Und dann ist er am Papi vorbei direkt zu unserem Klo gerannt. Als er wieder rausgekommen ist, da hat der Papi immer noch an der offenen Tür gestanden, er hat ganz böse geguckt, wie wegen dem Lungenhaschee, und in Richtung Treppenhaus gezeigt, wie, dass er gehn soll. Aber der Robert Čušek hat sich bei uns im Flur auf den Fußboden gesetzt und eine Zigarette angezündet.

»He, Robert, ich mein's ernst, wir sind Freunde gewesen, aber nach dem, was deine Frau zu Káča gesagt hat, da … Ich wundere mich echt, dass du überhaupt hier angerannt kommst.«

»Meine Frau, eh, Kumpel! Scheiß drauf, meine Frau … Meine Ex-Frau! Ich bin gestern angekommen und gestern hat sie mir's gesagt. Die wohnt schon bei dem.«

»Bei wem?«

»Bei dem Pelc da, verflucht, bei der roten Socke. Sie hat zu mir gesagt, dass sie nicht blöd ist, dass sie da voll mitmacht, dass sie auf so 'n Handlanger beim Fernsehn scheißt. Dass sie jetzt Karriere macht! Kapierst du? Das hat die im Ernst zu mir gesagt!«

»Siehste, da geht's uns genau gleich.«

Die Kačenka hat an der Zimmertür gestanden und ganz komisch ausgesehn. Sie hat ausgesehn, wie wenn die Tante Marta den Tiez-Jan absetzt.

»Morgen muss ich zum Vytlačil, zum Gespräch. Das geht ganz schön flott …«, hat sie gesagt.

»Mutter, wie wär's, wenn ihr mit der Helča und dem Pepíček spazieren geht? Hier hast du, geht irgendwo frühstücken.« Der Pepa hat der Oma fünfzig Kronen gegeben und die Kačenka ist in die Küche Kaffee kochen gegangen.

»Küss die Hand, gnä' Frau!«, hat der Čušek zur Oma gesagt und zur Tante Marta, als wir gegangen sind, aber er hat dabei immer noch auf dem Boden gesessen.

Der Pepa hat uns die Tür aufgemacht und ins Treppenhaus geguckt, und er hat gesagt: »Von wegen ›beinah‹, der hat sich hier ja tatsächlich vollgekotzt.«

Er hat das schnell weggemacht und uns noch bis vors Haus gebracht. Er hat sich bei der Tante Marta entschuldigt, und sie haben irgendwas geflüstert. Ich hab bloß verstanden: »Na siehste!« Dann sind wir auf die Heiligenhöhe gegangen, weil's dort schön ist.

10

Wie die Verschwörung angefangen hat

Letzten Donnerstag ist unsere Pionierleiterin Anděla schon zum zweiten Mal nicht zum Pioniernachmittag gekommen, und es ist auch sonst keiner gekommen, um uns zu sagen, was los ist und ob sie überhaupt irgendwann noch mal kommt.

Wir haben ganz schön lange auf sie gewartet und ein paar Kinder sind gegangen, aber ich, die Zdena, die Lenka Krátká, der Míša Španihel, der Pepa Eliáš und der Tonda Secký, wir haben die ganze Zeit vor der Schule auf der Treppe gesessen und hatten keine Lust, nach Hause zu gehn. Wir haben überlegt, zu was wir so am meisten Lust hätten, und wir sind drauf gekommen, dass wir am allerliebsten ins Freibad gehn würden, weil's so heiß gewesen ist. Bloß, die Lenka und die Zdena, die können nicht schwimmen, und wir alle haben verboten gekriegt, alleine ins Freibad zu gehen, und keiner hat Badesachen mitgehabt. Da mussten wir noch mal von vorn überlegen.

Wir haben uns »Wer hat Angst vorm Schwarzen Mann« ausgedacht, und das haben wir eine Weile gespielt, aber mit dem Fürchten hat das nicht besonders geklappt, weil wir an einer doofen Stelle gewesen sind und weil die Sonne geschienen hat und weil's überhaupt viel zu schön war. Zum Schwarzen Mann passt am besten der Herbst, oder man muss zumindest in einen Keller gehn oder irgendwas anderes Düsteres machen. Und das hat eben bei uns nicht funktioniert. Zum Schluss mussten wir dann doch einsehn, dass wir von der Hitze schon total meschugge sind und dass es am besten ist, wenn wir nach Hause gehn, weil's ja doch keinen Sinn hat.

Jeder ist in eine andere Richtung weg, bloß ich und der Secký und der Eliáš, wir sind zusammen gegangen, ich bin nämlich zur Mami auf die Generalprobe und der Secký und der Eliáš, die wohnen am Kulturhaus. Sie sind mit mir bis zum Theater mit und dann standen sie so vor dem Eingang und sind von einem Bein aufs andere getreten und haben versucht, mich mit allem möglichen Zeug aufzuhalten, wenn ich rein wollte. Der Secký ist auf den Händen gelaufen und der Eliáš hat vorgemacht, wie denen ihr Hund Pucík Männchen machen kann, er kann nämlich nicht auf den Händen laufen. Zum Schluss hat mich dann der Secký gefragt, ob ich sie nicht mit ins Theater reinnehmen kann, sie sind zwar schon da drin gewesen, aber noch nie hintenrum. Besondere Lust hatte ich nicht gerade, weil ich mir im Kopf schon überlegt hab, wie ich bei der Kačenka in der Garderobe male, aber der Secký und der Eliáš sind ganz in Ordnung, und vor allem hat mich der Secký in der Hand, seitdem er was von mir weiß. Das ist wirklich ein ganz furchtbares Geheimnis, und wenn das jemand mitkriegen würde, dann wär ich total erledigt.

Das ist so ungefähr vor einem Jahr passiert und der Secký hat damals versprochen, dass er das bis zu seinem Tod keinem weitersagt. Bis jetzt hat er das gehalten, obwohl er eine Drei in Betragen kriegt und alle Lehrerinnen vor ihm Angst haben. Aber wenn er sauer auf mich wird, dann überlegt er sich's vielleicht noch anders.

Deswegen hab ich sie lieber mit ins Theater reingenommen. Ich hab ihnen dem Pepa seine Garderobe gezeigt und der Kačenka ihre Garderobe und alle mögliche Schminke und Perücken und überhaupt die ganzen interessanten Sachen, die die Kačenka dort so hat, und dann sind wir zur Ankleiderin Frau Hoškovcová gegangen. Die Frau Hoškovcová hat uns erlaubt, dass wir zwischen den Kostümen rumkrabbeln können, der Eliáš und der Secký haben alle möglichen Hüte und Mützen und Helme aufgesetzt und sie sind total aus dem Häuschen gewesen. Der Eliáš hat zum Secký gesagt: »Eh Mann, ich find Anziehsachen bescheuert, aber die hier sind klasse.« Total gut hat ihnen auch die große Glastafel gefallen, auf der in roter Schrift geleuchtet hat: »Ruhe! Probe!«

Als wir uns dann noch die Requisitenkammer angeguckt haben und die Perückenkammer und die Schneiderei und die Tischlerei und den Raum für die Feuerwehrleute und als die Jungs immer noch nicht nach Hause gehn wollten, da hab ich sie gefragt, ob sie sich auch die Probe angucken wollen. Das wollten sie schrecklich gern. Da sind wir leise in den Rang und haben eine Weile zugeguckt.

Dem Eliáš ist aufgefallen, dass über der Bühne zwei so Köpfe hängen, wo der eine lacht und der andere böse guckt, und er wollte wissen, was das ist. Da hab ich ihm erklärt, dass das Masken sein sollen, die heißen Komödie und Tragödie, nach den Theaterstücken, die auch Komödie und Tragödie heißen, je nachdem, ob sie mehr lustig oder mehr traurig sind, und dass sie aus Gips sind. Der Eliáš ist ganz schön enttäuscht gewesen, weil er gedacht hat, dass das abgehackte Köpfe von Häftlingen oder von Faschisten sind. Der Secký hat zu ihm gesagt, dass er bekloppt ist, dass das doch völlig klar ist, dass das gar keine echten abgehackten Köpfe sein können, die müsste man ja dauernd auswechseln, weil die gleich anfangen würden zu stinken. Aber der Eliáš hat gesagt, dass der Wladimir Iljitsch Lenin, der in Moskau auf dem Platz da liegt, dass der auch eine echte alte Leiche ist und dass der nicht stinkt und dass sie ihn auch nicht dauernd auswechseln, das heißt, dass man das bestimmt irgendwie hinkriegen könnte.»Das sagen die so, aber wer weiß …«, hat der Secký gesagt. Aber zum Schluss mussten wir dann doch zugeben, dass der Eliáš auch recht haben könnte.

Gerade haben sie ›Morgendämmerung über der Zeche Karel‹ geprobt. Das handelt davon, wie's früher war, als es ganz schlimm gewesen ist. Ich meine, vor der Großen Sozialistischen Oktoberrevolution oder da irgendwann. Wie irgendwelche Bergleute Arbeit im Bergwerk hatten, aber es ging ihnen furchtbar schlecht und sie waren total traurig, und plötzlich hatten sie dann keine Arbeit im Bergwerk mehr, weil sie da rausgeschmissen wurden, und es ging ihnen auch schlecht und sie waren schon wieder traurig. Aber zum Schluss ist dann die Revolution gekommen und die Bergleute haben getanzt und gesungen und es ging ihnen gut bis an ihr Lebensende. Traurig waren hinterher bloß die, die vorher fröhlich gewesen sind.

Spaß gemacht hat uns das nicht besonders, da sind wir nach einer Weile wieder raus und die Jungs fanden es schade, dass nichts mit Rittern oder Teufeln gespielt wird, wo sie doch im Theater dafür so viele tolle Perücken und Hüte haben.

Der Secký hat mich gefragt, ob ich finde, dass das eine Komödie gewesen ist oder eine Tragödie, er hat das auf jeden Fall nicht erkannt. Ich hab gesagt, dass ich das nicht weiß, aber dass wir das rausfinden können, weil sie gerade Pause machen. Wir sind runter in den Rauchersalon. Dort ist schon der Regisseur Herr Novotný gewesen und fast alle Schauspieler. Wir haben ganz brav Guten Tag gesagt und ich bin zum Herrn Novotný gegangen, obwohl das dieser eklige Kerl ist, der mit der Kroupová befreundet ist, und ich hab gesagt:»Herr Novotný, das hier sind meine Schulkameraden Pepa Eliáš und Tonda Secký, wir haben bei Ihnen zugeguckt und wir wollen gerne wissen, ob die ›Morgendämmerung über der Zeche Karel‹ eine Komödie ist oder mehr eine Tragödie. Ich finde, das ist eine Tragödie, aber ich bin mir nicht sicher.« Der Herr Novotný hat seine Zigarette weggeschmissen und ist gegangen. Er hat uns überhaupt nicht geantwortet. Aber als er an der Kačenka vorbeigekommen ist, da hat er zu ihr gesagt: »Dass Sie keine Ruhe geben! Ich muss mich wirklich über Sie wundern.«

Davor hab ich gar nicht gemerkt, dass die Kačenka auch da ist, und jetzt hab ich Schiss gekriegt, was sie zu mir sagt. Aber sie hat nix gesagt. Sie hat zu den Jungs Guten Tag gesagt und ist sich umziehn gegangen.

Dann haben wir noch bei der Werbung reingeguckt, das ist so ein Büro, wo drei nette Frauen sitzen und rauchen und Kaffee trinken. Die Kačenka hat sich drum gekümmert, dass sie dem Secký und dem Eliáš alle möglichen Theaterprogramme und Plakate geben.

»Frau Součková, kennen Sie irgendeinen Schauspieler, der eine Drei in Betragen kriegen würde?«, wollte der Secký wissen.

»Das kann ich dir so auf die Schnelle nicht sagen, aber ich werd mal darüber nachdenken«, hat die Kačenka versprochen.

»Sagen Sie das doch dann bitte der Helena, damit sie's mir sagt, ich muss das ganz dringend wissen. Oder wenigstens einen Bühnenarbeiter – ich muss mir eh noch überlegen, was ich lieber werden will.«

Der Pepa hat mit dem Pepíček schon auf uns gewartet. Auf die Kačenka hat auch die Frau Magister Glancová gewartet, und alle haben versucht, sie irgendwie fröhlich zu stimmen. Vor allem der Pepíček, und er hat dabei schrecklich geschrien und gestampft, weil er nämlich mal wieder verwundetes Mammut gespielt hat. Die Frau Glancová hat ihn angelächelt, und jedes Mal, wenn er gestampft hat, da hat's in ihrem linken Auge gezuckt. Ich hab brav Guten Tag gesagt und die Frau Glancová hat mich genauso angelächelt wie den Pepíček.

»Ich freue mich sehr, dich zu sehen, Helenka«, hat sie gesagt. »Ich hab dir hier ein kleines Geschenk mitgebracht.«

Dann hat sie in ihre Handtasche gefasst und hat mir ein Heftchen mit einem schwarzen Umschlag gegeben. Das hat gerochen, wie wenn der Opi auf dem Klavier die alten Noten ausbreitet. Ich hab's aufgemacht und innen drin ist ein Bild von einem Grab gewesen, und da drunter stand in so altmodischer Schrift: ›Ein Kind ist verwaist – III. Illustrierte Ausgabe‹.

»Dankeschön, Frau Glancová. Schenken Sie mir das lieber nicht«, hab ich gesagt.

Die Frau Glancová hat wieder gelächelt und hat gesagt: »Verschmähtes Brot schmeckt schließlich oft am besten, Helenka. Nimm es ruhig.«

Dann hat sie noch mal in ihre Handtasche gefasst und hat der Kačenka so ein abgeledertes Buch gegeben, da stand drauf: ›Mit Joga zu geistiger Ausgeglichenheit‹. Frau Magister Glancová und ihr Mann, der Herr Augendoktor Glanc, die turnen schon drei Jahre jeden Tag Joga. Joga ist nämlich so eine Turnübung, bei der man sich fast gar nicht bewegt, sondern man nimmt zum Beispiel seinen einen Arm und ein Bein und macht da draus einen Knoten, und dann muss man das eine halbe Stunde aushalten.

Die Frau Glancová versucht immer wieder, die Kačenka zu überreden, dass sie mit ihnen in den Joga-Zirkel geht, aber die Kačenka sagt, dass sie nirgends regelmäßig hingehn kann. Da hat sie ihr wenigstens das Buch mitgebracht, damit sie den Joga alleine zu Hause turnen kann. Sie hat auch probiert den Pepa anzulocken, bloß, der Pepa lässt sich ganz schön schwer für was anlocken, für das er nicht schon von sich selber aus angelockt ist. Zur Frau Glancová hat er gesagt, dass er lieber im Freibad was für seine Gesundheit tut, und er hat mich und den Pepíček mitgenommen. Wir haben uns riesig gefreut, vor allem, weil uns die Frau Glancová andauernd gute Ratschläge gibt und immer so komisches Zeug redet.

Einmal hab ich ihr die Edelsteine gezeigt, die ich in der Schneiderei im Theater gekriegt hab, und ich hab ihr verraten, dass ich am liebsten die rosanen hab und dass ich davon schon fünf hab, und sie hat mir geantwortet, dass der Teufel sowieso schon da drauf ein Auge geworfen hat, was ich am liebsten hab und was ich so schön abgezählt hab. Oder irgend so was ähnlich Gemeines hat sie gesagt.

Auf dem Weg zum Freibad hab ich den Pepa gefragt, ob der Kačenka auch nix passieren kann, wenn sie jetzt mit dem Joga anfängt. Seitdem die Frau Magister Glancová und der Herr Doktor Glanc das nämlich regelmäßig turnen, da stottern sie ganz furchtbar und es zuckt bei ihnen im Gesicht, und auch für so was könnten sie die Kačenka aus dem Theater rausschmeißen.

Der Pepa hat gesagt, dass ich mir deswegen keine Sorgen machen soll, dass das der Kačenka nichts anhaben kann, und wenn ihm vorkommt, dass die Kačenka einen Knoten in der Zunge kriegt, dann würde er ihr das sofort verbieten. Mit dem Theater ist das angeblich schlimmer, auch wenn die Kačenka ganz hübsch bleibt und einwandfrei spricht, können sie sie trotzdem rausschmeißen und den Pepa auch. Der Pepa wollte mir davon eigentlich nix erzählen, damit ich nicht ganz wuschig im Kopf werde, wo ich doch noch so klein bin, aber ich weiß das ganz genau, obwohl der Pepa so tut, wie wenn er lustig wäre. Die Kačenka tut nicht mal mehr so, ihr ist nämlich klar, dass die sich gegen sie verschworen haben.

Ich wundere mich gar nicht, dass sie langsam anfängt, sich zu ärgern, ich weiß, wie das ist. In Zákopy haben sich mal alle Jungs aus den Blocks gegen mich verabredet und jeder, der mich getroffen hat, der hat gesagt: »Du musst sterben.«

Ich hatte gar nicht so viel Angst, dass ich in echt sterben muss, aber trotzdem wär's mir lieber gewesen, wenn sie zum Beispiel gesagt hätten: »Hallo.« Oder: »Wie geht's?« Zum Schluss hab ich dann gar keine Lust mehr gehabt rauszugehn, obwohl die Sonne geschienen hat und Ferien gewesen sind. Zum Glück sind wir dann nach Bulgarien gefahren, und als wir zurück gewesen sind, da haben sie mich wieder ganz normal gegrüßt: »Na, Würschtl!«

Zur Kačenka hat bis jetzt niemand was Gemeines gesagt, aber im Theater, da machen die das anders. Eine Verschwörung erkennt man da dran, dass der, den sie nicht mehr leiden können, bloß noch lauter Wurzen kriegt, und zum Schluss kriegt er dann gar keine Rollen mehr. Wurzen spielen, das heißt, dass man in der ›Widerspenstigen Zähmung‹ nicht die widerspenstige Frau spielt, sondern stattdessen ihre Kammerzofe. Und die Kačenka hat jetzt gerade im vorletzten Stück so eine Kammerzofe gespielt und im letzten, da spielt sie eine Frau, die einmal über die Bühne geht mit einer Trommel, und die sagt überhaupt nichts. Deswegen glaub ich, dass die Kačenka echt in Gefahr ist.

Bei der Andrea Kroupová ist das genau andersrum, die hat andauernd Wurzen gespielt und jetzt spielt sie auf einmal die Hauptrollen. Außerdem geht auch die Berenčičová wieder weg, wahrscheinlich deswegen, weil die Kroupová und die Panýrková ihr eine Abreibung verpasst haben. Nach den Ferien geht sie zu einem anderen Theater, irgendwo nach Mähren.

Die Eltern haben sich da drüber gestritten. Na ja, nicht da drüber, dass sie weggeht, sondern da drüber, dass sie sich für die Reise bei der Sparkasse zehntausend Kronen ausborgen wollte, und damit die ihr das ausborgen, hat sie jemand gebraucht, der unterschreibt, dass er das bezahlt, falls sie das nicht selber bezahlt. Sie ist gekommen und hat die Kačenka da drum gebeten. Die Kačenka hat's ihr versprochen und der Pepa hat sich furchtbar aufgeregt, dass die Berenčičová bekloppt ist, und was denn wohl passiert, falls was passiert, wo wir ja selber kein Geld haben.

Aber die Kačenka hat beschlossen, dass sie das macht, weil sich anständige Menschen helfen müssen. Der Pepa hat geschrien, wie sich die Kačenka so sicher sein kann, dass die Berenčičová wirklich ein anständiger Mensch ist, wo sie die erst ein paar Monate kennt. Da hab ich mich gewundert, ich hab nämlich den Pepa mal gesehn, wie er sie in einer Ecke hinterm Vorhang an der Hand gehalten hat und wie sie was geflüstert haben oder so, da hab ich gedacht, dass er sie ganz gut leiden kann. Aber eigentlich bin ich ganz froh, dass ich mich geirrt hab.

11

Wie ich mir Freunde gesucht hab

Auf die Omi bin ich so entsetzlich sauer, dass ich am liebsten mein Zeug packen und abhauen würde. Ich würde zu Fuß gehn und auf dem Feld in einem Heuschober übernachten und ich würde zum Beispiel Himbeeren und Erdbeeren essen und was ich sonst noch so finde. Hauptsache weg aus Zákopy!

Und wenn mir heiß wäre, dann würd ich baden gehn, in welchem Teich ich will, und nicht in der Wanne oder in dem bescheuerten Aufblasbassin aus Gummi, das gerade mal gut ist für kleine Babys, die nicht schwimmen können.

Unterwegs würd ich mich mit allen möglichen netten fremden Menschen anfreunden, wie das der Opi František immer macht. Und ich würde laufen und laufen, bis ich in Mähren ankomme, in Opava, wo's furchtbar schön sein soll und wo schon seit drei Tagen der Pepa und die Kačenka in Urlaub sind, und sie bleiben dort noch eine Woche.

Und weil ich die ganze Zeit laufen würde und schwimmen und wenig essen, da würde ich dort ganz abgemagert ankommen, dass sogar meine Sachen an mir rumschlabbern, und der Pepa und die Kačenka würden sich schrecklich freuen, wie schlau und hübsch ich bin und wie toll ich sie gefunden hab, und vielleicht würden sie mir einen neuen Nicki kaufen und neue Hosen, am liebsten rosane, und auch noch einen kleinen Sturzhelm, rückzu würde ich nämlich mit ihnen mit dem Motorrad fahren. Ich würde dort prima mit raufpassen, weil ich nicht mehr kugelrund wäre, sondern schön flach wie alle hübschen Mädchen.

Und die Omi würde inzwischen im Dorf rumsausen und lamentieren und es bereuen, dass sie mir nicht erlaubt hat, mit den Kasekers ins Freibad zu fahren, auch nicht bei der allergrößten Hitze, und dass ich mir nie ein Eis am Stiel kaufen durfte, und dass sie mich gezwungen hat, dem Freistein einen Brief zu schreiben, und dass sie mir von ihm erzählt hat, obwohl ich mir die Ohren zugehalten hab. Aber da wär's schon zu spät, niemand würde was von mir wissen.

Bloß, ich kann nicht weg, bis nach Opava ist's so furchtbar weit, dass ich es nicht schaffen würde, in einer Woche da zu Fuß hinzugehen, und ich hab kein Geld für den Zug oder für den Bus. Und ich kann auch wegen dem Opi František nicht weg, der wäre nämlich furchtbar traurig, er hätte Angst um mich, und die Omi würde bestimmt ihre ganze Wut an ihm auslassen. Und das will ich nicht, der Opi kann ja nichts dafür.

Mit dem Opi geh ich wenigstens in den Wald und in alle möglichen Dörfer um Zákopy herum, und wir haben auch einen Ausflug nach Beroun gemacht. Bloß baden gehn wir nie, weil sich das nicht mal der Opi traut, wo's doch die Omi verboten hat. Er sagt zu mir immer: »Mädel, ärger dich nicht, Omi meint's ja nur gut. Sie hat dich so lieb, dass sie sich in einer Tour Sorgen macht, dass du dich ja nicht erkältest oder dass dir ja nichts passiert.« Aber ich ärger mich trotzdem und bin traurig.

Es stimmt ja, dass die Omi mit Wörtern und mit Essen lieb zu mir ist. Aber das Allerwichtigste versaut sie einem immer ganz furchtbar. Als die Kasekers das letzte Mal mit ihren Kindern ins Freibad gefahren sind, da sind sie bei uns vorbeigekommen und haben die Omi gefragt, ob sie mich mitnehmen dürfen. Die Omi hat Nein gesagt, aber ich hab so geheult, dass sie's zum Schluss dann doch erlaubt hat. Ich hab mich schon gefreut, da hat sie auf einmal gesagt, dass ich zwar mitkann, aber ich darf auf keinen Fall ins Wasser. Die Kasekers haben mir dann im Freibad gesagt, ich soll ruhig baden gehn, sie verraten der Omi auch nix. Bloß, lügen darf man nicht, da würden der Pepa und die Kačenka furchtbar enttäuscht sein über mich.

Deswegen saß ich die ganze Zeit am Beckenrand, bloß meine Füße hab ich ins Wasser gehalten, und ich hab zugeguckt, wie alle baden. Da fahr ich lieber gar nicht mehr mit ins Freibad.

Abends hab ich dann die Buchteln gegessen, die die Omi nachmittags gebacken hat, und ich hab gemalt, das Märchen von der Prinzessin Eugenie, die ist verwunschen in einem Turm. Ich mal die Bilder auf A4-Blätter und wenn ich alle fertig hab, dann näh ich sie mit Nadel und Faden zusammen und mach ein richtiges Buch draus. Davon krieg ich jedes Mal gleich viel bessere Laune.

Am nächsten Tag hab ich nicht gemalt, weil ich mit dem Opi nach Vrkoš zum Fußball gefahren bin. Nach Hause sind wir zu Fuß und wir sind erst ganz spät wiedergekommen. Als ich früh dann meine Bilder gesucht hab, bin ich drauf gekommen, dass ein paar der Pepíček vollgeschmiert hat, und ein paar sind ganz weg gewesen. Da hab ich erst mal dem Pepíček eine runtergehauen.

Als ich ihn gefragt hab, warum er meine Bilder kaputt gemacht hat, da hat er gesagt, dass er sie nicht kaputt gemacht hat, dass er bloß Löwen und Elefanten dazugemalt hat, weil er die so toll findet. Er hat bloß die mit den wilden Tieren im Wald um die Burg rum vollgeschmiert, die haben ihm am besten gefallen. Die anderen mit der traurigen Prinzessin, die hat angeblich die Omi. Ich bin ins Schlafzimmer gucken gegangen, in den Nachttisch neben dem Bett von der Omi, und da ist alles gewesen! Ein angefangener Brief für den Freistein, ein Foto von mir und die Prinzessin Eugenie.

Lieber Karel, hat die Omi geschrieben.
Wir haben jetzt, Gott sei Dank, Helenka wieder für eine Weile bei uns und kümmern uns so um sie, wie Sie selbst sich das gewiss wünschen würden. Sie ist wirklich ein sehr liebes, ausgesprochen begabtes Mädchen, und sie sieht Ihnen unglaublich ähnlich.
Oft muß ich leider mit ansehen, wie verschlossen und traurig sie ist, denn den leiblichen Vater kann dem Kind niemand ersetzen, auch wenn ich und František uns wirklich darum bemühen. Sie hat Bilder für Sie gemalt, die ich dem Brief beilege. Sie kann auch schon ausgezeichnet schreiben, aber sie traut sich nicht, Ihnen selbst zu schreiben, wegen Kateřina und dem Stiefvater.

Da hab ich das alles genommen und in kleine Stücke zerrissen und ins Klo geschmissen, und die Prinzessin Eugenie auch.

Dann hab ich das der Omi gesagt. Die verpetzt mich sowieso nicht, weil sie nicht kann. Aber sie hat sich fürchterlich aufgeregt, und sie hat mir wieder mal erzählt, wie die Faschisten dem Freistein, als er noch ein kleiner Junge gewesen ist, vor seinen Augen die Mutter erschossen haben. Aber da kann doch ich nichts dafür! Mich hat der Freistein nicht gewollt und jetzt will ich ihn auch nicht mehr. Ich will vor allem die Kačenka und den Pepa, aber die sind weg, und ich will auch gerne irgendwelche Freunde haben, aber ich hab fast keine. Jedenfalls nicht in Zákopy.

Ich bin um die Blocks rumgelaufen und hab geguckt, ob ich wen treffe, der mit mir zumindest eine Weile spielt. Wen treffen tu ich jedes Mal, aber spielen will mit mir keiner. Da muss ich mich eben alleine vergnügen. Vor allem mit Malen.

Ich hab Heimweh nach dem Bildhauern, nach dem Herrn Pecka und am meisten nach dem Ton. Meine Finger jucken ganz furchtbar und manchmal träum ich nachts auch von dem Geruch, den gibt's bloß beim Bildhauern und der ist genauso toll wie der im Theater. Ich mag auch, wie alte Fotos riechen. Die Omi hat im Wäscheschrank im Schlafzimmer eine ganze Schublade voll. Ich geh sie mir immer dort angucken, aber heimlich, weil sie mir die Fotos nicht rausgeben will. Ich setz mich auf den Fußboden, zieh die unterste Schublade raus und leg sie nebeneinander auf dem Teppich aus. Am besten find ich die, auf denen schöne Frauen sind mit schönen Kleidern an, zum Beispiel auf einem Pferd oder auf einem Ball. Das sind die Schwestern von der Omi, die Aňa und die Irma, und auch die Omi selber, als sie noch nicht ausgesehn hat wie eine Omi.

Ich hab auch ein Foto gefunden, da stand hinten in Deutsch drauf: *Karels Mutti*. Auf dem Foto ist die Frau Freisteinová drauf. Ich meine, die Mama vom Freistein, die Helena. Das ist auch eine schöne junge Frau mit einem schönen Kleid an, aber sie sieht nicht so prinzessinnenhaft aus wie meine Omi und meine Großtanten. Sie ist nicht blond und sie guckt ganz ernst, wie wenn sie wissen würde, was der Freistein anstellt, wenn er mal groß ist. Sie hat genau dieselben Locken wie ich.

Ich hab sie mir lange angeguckt und mir vorgestellt, wie das ist, von den Faschisten umgebracht zu werden, wenn man noch nicht mal richtig alt ist. Aber ich weiß es nicht. Zum Schluss hab ich der Omi das Foto dann geklaut und hab's versteckt. Das ist meine Oma, und nicht die Oma von der Omi, so. Ich weiß noch nicht, was ich mit ihr machen soll, ich will sie nicht zerreißen und ins Klo schmeißen wie den Freistein, auch wenn das seine Mutti ist, sie kann ja nichts dafür. Wahrscheinlich tu ich sie in die AS-Schachtel, zu dem Spiegel und zu dem Fisch, den ich von der Tante Marta gekriegt hab.

Ich hab es auch geschafft, alles wieder schön wegzuräumen, die Omi hat überhaupt nix mitgekriegt. Sie hat nämlich Besuch gehabt. Das hat die Omi selten, bloß ungefähr einmal in der Woche, und immer am Sonnabend oder am Sonntag, je nachdem, wann die Frau Veverková auf den Friedhof geht. Da kommt sie nämlich jedes Mal vorbei.

Die Frau Veverková, das ist so eine schrecklich dicke Frau, die ist nicht so alt wie die Omi, aber ganz schön alt ist sie auch. Sie wohnt in einer Hütte mit einem riesigen Garten, sie ist dort ganz alleine und sie redet fast mit niemand. Immer erzählt sie der Omi, wer ihr was getan hat und wen sie verklagt hat. Ich kann sie nicht besonders leiden, weil sie so riecht, wie wenn sie eingepullert hätte, und weil sie so ein altes Klatschmaul ist.

Ich hab auch schon mal eingepullert, aber dafür konnte ich nix. Das ist deswegen passiert, weil mich die Mami aus Versehn mal eine Stunde zu früh in die Schule geschickt hat. Die Schule ist noch zugeschlossen gewesen, da hab ich gewartet, bis sie aufmachen, und dann musste ich ganz dringend pullern, ich hab gar nicht gewusst, was ich machen soll. Ich konnte nicht einfach so draußen pullern gehn, weil man da von allen Seiten aus hingucken kann, und vor allem, weil dort auch noch der Secký mit gewartet hat, den haben sie auch falsch von zu Hause losgeschickt, und vor dem ist mir das peinlich gewesen. Ich bin ganz vorsichtig von einem Bein aufs andere getreten und furchtbar unglücklich gewesen. Ich hab mich nicht getraut, nach Hause zurückzugehn, damit ich dann nicht zu spät in die Schule komme, und ich hatte Angst, dass ich einpullere, wenn ich anfange, mich zu bewegen. Ich hab dann trotzdem eingepullert und der Secký hat's gesehn. Ich hab geheult, aber der Secký hat mir von sich aus versprochen, dass er's keinem weitersagt. Das ist das Geheimnis, das er von mir weiß. Und es ist in der ersten Klasse gewesen, als ich noch klein und dumm war.

Bloß, die Frau Veverková, die ist nicht klein und sie kann ja ruhig zu Hause oder auch bei uns aufs Klo gehn, ich weiß auch nicht, warum sie immer einpullert. Aber das macht mir gar nix weiter aus. Mir macht mehr was aus, wie sie mit der Omi über alle möglichen Leute alles mögliche gemeine Zeug erzählt. Auch über die Mami und den Papi. Die Frau Veverková isst dabei ständig irgendwas und schnauft und schlabbert mit ihrer Gusche wie so ein Boxerhund.

Ich weiß auch nicht, warum die Omi ausgerechnet mit der Frau Veverková befreundet ist. Wenn sie sie vom Fenster aus kommen sieht, dann schreit sie immer gleich: »Opi! Da kommt die schon wieder angerückt. Räum die Buchteln weg!« Aber wenn ihr dann der Opi aufmacht, dann sagt die Omi: »Sei mir gegrüßt, Boženka, wie lieb, dass du uns mal besuchen kommst.«

Und dann machen sie zusammen die Kačenka schlecht. Ach ja. Na, wenigstens kann ich dann eine Weile machen, was ich will, und der Opi auch. Meistens haut er ab.

Wenn ich so drüber nachdenke: Ich glaub, ich hab den Opi František noch nie was Gemeines über jemand sagen hören. Nicht mal über die Omi, da wunder ich mich sowieso. Sogar die Frau Veverková hat der Omi zugeredet, sie soll netter zum Opi sein, und dass sie noch so einen netten Kerl kaum finden wird. Die Frau Veverková kann den Opi gut leiden, er hat ihr nämlich geholfen, einen Brief an den Rat des Kreises zu schreiben, als ihr die LPG den Garten vollgestunken hat. Die LPG hat ihr nämlich in den großen Garten da, wo Nussbäume und Pflaumenbäume wachsen, Jauche reinlaufen lassen, und jetzt ist das Wasser im Brunnen versaut und um ihr Häuschen rum stinkt alles ganz furchtbar, und da rennen massenweise riesige dicke Mäuse durch die Gegend.

Eigentlich kann auch sein, dass die Frau Veverková nicht deswegen stinkt, weil sie einpullert, sondern weil die LPG sie auch mit vollgestunken hat.

Überall, wo die LPG in Zákopy irgendwelche Gebäude hat, da stinkt's ganz schrecklich, da gibt's Schlamm und überall liegt aller möglicher Mist rum. Am meisten im Schloss von Zákopy, das ist denen ihr Hauptgebäude.

In dem Schloss, da hat früher eine echte Fürstin gewohnt und der Opi ist mit ihr bekannt gewesen, weil sein Vater Alois bei ihrem Vater Rudolf Gutsaufseher war, und eine von seinen Schwestern, die Tonička, die war bei einer Schwester von ihr, bei der Hermína, Gesellschaftsdame. Das bedeutet, dass sie sich mit ihr unterhalten musste und mit durch die Weltgeschichte gereist ist. Die Součeks haben in so einem kleinen Häuschen im Schlosspark gewohnt, aber das Haus ist eingefallen, da sind bloß große Steine und Holzstücke übrig, und die Fürstin ist mit ihren ganzen Schwestern schon längst irgendwohin verschwunden.

Das ist wirklich schade, ansonsten würde ich bestimmt öfters mit dem Opi ins Schloss gehn, und wenn ich groß wäre, könnte ich ja vielleicht auch so eine Gesellschaftsdame werden. Ich find das einen ganz schön tollen Beruf.

Der Opi hat von der Fürstin mal einen goldenen Ring gekriegt. Er hat ihn nie dran, er hebt ihn in einer Schachtel auf, aber ich, ich hab ihn gesehn. Ich glaube, dass er ihr auch bei irgendwas geholfen hat. Ich muss ihn mal danach fragen.

Neulich bin ich alleine zum Schloss gucken gegangen, ob da nicht vielleicht irgendwo ein Schatz versteckt ist. Aber ich hab nichts gefunden. Unten sind Kühe und Schweine und oben sind alle Zimmer leer, bloß in den Ecken ist meistens alles vollgekackt. Ich hab aus dem Fenster bis nach Zákopy geguckt und gespielt, dass ich die Fürstin bin. Da sind mir die kleinen Zigeunerkinder hinterhergekommen, die wohnen in einem Gemach im Erdgeschoss, und die haben gesehn, wie ich gespielt hab. Sie haben schrecklich gefeixt, da wollt ich abhauen, aber die wollten mir überhaupt nix tun, sie sind bloß neugierig gewesen. Da hab ich ihnen erzählt, wie's früher gewesen ist, und dann haben wir einen rauschenden Ball veranstaltet, es sind nämlich viele gewesen und sie konnten prima tanzen.

Ich hab sie gefragt, ob das stimmt, dass sie auch Hunde und Katzen essen, aber sie haben bloß gelacht und sich gegenseitig angestoßen. Ich hab ihnen versprochen, dass ich wiederkomme, und dann bin ich jeden Tag da hingegangen und jedes Mal hab ich ihnen von zu Hause was zum Essen mitgebracht, damit sie keine Katzen essen müssen, und weil ich mich gefreut hab, dass ich jemand zum Spielen hab. Dann hat uns aber mal der Herr Novák gesehn, das ist unser Nachbar aus dem Wohnblock, der hat der Omi gepetzt, dass ich ins Schloss reinklettere, dass da niemand rein darf, und dass ich mit den Zigeunern spiele. Deswegen ist mir dann wieder bloß noch das Malen übrig geblieben.

Die Omi hat Rabatz gemacht, was die Leute denken sollen und wie ich überhaupt mit Zigeunern befreundet sein kann, die sind dreckig und die stinken. Aber die Omi hat überhaupt keine Ahnung, sie versaut einem alles, sie soll lieber mal an der Frau Veverková riechen.

12

Wie die Berenčičová aus dem Fenster gesprungen ist

Ich hab jetzt mit der dritten Klasse angefangen. Es ist schon Herbst, aber das macht mir nix aus. Ich find den Herbst klasse. Im Herbst riecht's gut und alles ist bunt.

Die Lagróns sind aus Russland zurückgekommen und gehn wieder bei uns in die Klasse, weil ihre Väter und Onkels und ihre Karussells und Schaukeln jedes Jahr in Ničín überwintern. Sie können fast gar nicht lesen und schreiben, der Ivoš Lagrón kann überhaupt nichts, aber der René Lagrón kann ganz gut rechnen, weil er bei den Schaukeln das Geld einsammelt. Es hat auch keinen Sinn, sie in die Hilfsschule zu schicken, weil sie ja im März gleich wieder auf Reisen gehn, und da würden sie sowieso nicht hingehn. Unsere Lehrerin Frau Koláčková hat uns bekannt gegeben, dass der Tonda Secký weggezogen ist und nicht mehr zu uns kommt. Sie hat das so gesagt, wie wenn nichts wäre, aber man hat gesehn, dass sie froh gewesen ist, weil sie sich schrecklich mit ihm rumgeärgert hat. Einmal, als er gekräht hat, da ist sie so fuchtig geworden, dass sie ihn mit der Faust gegen den Rücken gebumst hat, aber der hat sich eh nix draus gemacht und hat weitergekräht, bis er keine Lust mehr hatte.

Die Kačenka hat gesagt, dass die Seckýs zwar wirklich weggezogen sind, aber nicht einfach so ganz normal, wie zum Beispiel die Tereza nach Prag, sondern dass sie nach Westdeutschland abgehauen sind wie der Freistein nach Amerika.

Das könnte ich wahrscheinlich nicht, wenn ich abhauen

muss, bin ich immer entsetzlich langsam, aber der Secký, der war schlau, das ist so ein Abenteuerlicher gewesen, und er hat ja auch eine Drei in Betragen gehabt. Deswegen muss ich jetzt auch keine Angst mehr haben, er kann nichts mehr über mich verraten. Bloß, besonders freuen tu ich mich trotzdem nicht, ich konnte ihn eigentlich ganz gut leiden.

Die Kačenka kann schon auf dem Kopf stehn. Der Kopf ist dabei jedes Mal ganz dunkelrot, aber sie hält das immerhin eine Viertelstunde aus, und an ihr Rädchen denkt sie nicht mal mehr. Die Kačenka will jetzt außer abnehmen auch noch so einen ausgeglichenen Geist haben und dafür ist's wahrscheinlich besser als mit dem Rädchen hin- und herzufahren, wenn man sich auf den Kopf stellt. Sie hat aus dem Buch von der Frau Magister Glancová noch ein paar andere interessante Figuren gelernt, aber ansonsten steht's ganz schön schlecht mit ihr.

Im Theater haben sie sie weder für ›Frau Maria Mutter des Regiments‹ vom Josef Kajetán Tyl besetzt noch für ›Der Weg ins Leben‹ vom Russak Makarenko. Der Pepa probt jetzt den Makarenko, und es macht ihm überhaupt keinen Spaß, er wäre lieber zu Hause. Die Kačenka ist zu Hause und würde lieber proben, egal was. Deswegen haben alle schlechte Laune, und pausenlos besprechen sie irgendwas.

Das Gute ist, dass die Kačenka jetzt massig Zeit hat, und wir können nachmittags rausgehn und uns unterhalten. Wir gehn auf die Heiligenhöhe und in die Pilze, und wir sind auch Drachen steigen gewesen. Lauter schöne Sachen, die früher kaum möglich waren. Aber die Kačenka fröhlich machen, das kann ich auch nicht. Sie hat Angst, dass sie aus dem Theater weggehn muss und dass wir kein Geld mehr haben. Dagegen kann ich aber nichts machen.

Höchstens, dass ich die Kroupová umbringe oder den Vytlačil. Ich weiß noch nicht, wie, aber ich fang an, da drüber nachzudenken. Der Kačenka hab ich nix gesagt, weil sie damit wahrscheinlich nicht einverstanden wäre. Sie sagt immer, dass es ausreicht, wenn ich gut in der Schule bin, das nützt ihr angeblich am meisten. Aber ich find das totalen Quatsch. Ich bin die ganze Zeit gut, aber das hat noch nie irgendwem bei irgendwas genützt, nicht mal mir.

Umbringen wäre bestimmt sehr gut, aber wie macht man so was? Ich geh mit der Schule zu allen möglichen Filmen über den Krieg und da schießen die immer aus Maschinengewehren auf sich und schmeißen mit Granaten und so, bis zum Schluss alle tot sind. Aber das find ich nicht besonders, und ein Maschinengewehr hab ich auch nicht. Es geht bestimmt auch, jemand mit einem Messer in den Hals zu schneiden, aber da muss man wieder ganz nah ran und er blutet, kann sein, dass ich da in Ohnmacht falle, wie neulich, als ich mir in den Finger geschnitten hab, und in dem Fall würden sie gleich drauf kommen, dass ich's gewesen bin, und sie würden mich einsperren, da würden sich die Kačenka und der Pepa nicht besonders freuen und ich auch nicht.

Allerdings könnte ich im Gefängnis prima abnehmen. Trotzdem fänd ich's besser, wenn sie da nie drauf kommen würden, wer die Kroupová umgebracht hat. Ich könnte da ja bloß so einen kleinen Zettel hinterlassen, auf dem steht: »Der Schwarze Totenkopf« oder so was Ähnliches, und die Ränder könnte ich über einer Kerze abbrennen. Der Direktor und alle anderen würden dann Schiss kriegen und ganz schnell mit dem Verschwören wieder aufhören. Aber ansonsten: keine Spuren.

Am besten wär's, wenn die Kroupová einfach so eine schlimme Krankheit kriegen würde und von allein stirbt. Bloß, die ist jung und gesund und ich könnte die höchstens mit Angina anstecken, wenn ich mal wieder eine krieg. Und da dran würde sie wahrscheinlich auch nicht sterben.

Schade, dass der Secký in Deutschland ist, der könnte mir vielleicht einen Tipp geben. Jetzt rennt mir pausenlos der Míša Španihel hinterher, das ist auch ein Mitschüler von mir, aber das ist so einer mit Brille und weißen Hosen, und bestimmt hat der noch nie im Leben was von einem Mord gehört.

Der Míša geht mir furchtbar auf den Senkel, weil er mich liebt. Ich freu mich ja, dass mich jemand liebt, aber besonderen Spaß macht mir das nicht. Jeden Tag wartet er im Durchgang zu unserem Hof auf mich und will mich nicht nach Hause lassen. Er nimmt mir jedes Mal extra den Ranzen weg oder den Beutel mit den Hausschuhen oder irgendwas anderes, damit ich ohne das nicht gehn kann. Ich muss ihn versuchen einzukriegen und zu überreden und zum Schluss dann jedes Mal so lange warten, bis er keine Lust mehr hat. Und wenn ich eben nicht nach Hause geh und mit ihm dort bleib, dann sagt er nix und glotzt bloß. Ich frag ihn dann immer: »Was willst du denn, Míša?« Und er sagt bloß: »Hä, hä, hä.« Total wie ein Bekloppter aus der Klapsmühle.

Als mich letztes Jahr der Honza Bezvad aus Zákopy geliebt hat, da ist das so gewesen, dass wir kreuz und quer übers Feld gegangen sind, und dann hat er mich plötzlich auf die Erde geschmissen und mir das ganze Gesicht vollgesabbert. Da bin ich abgehauen, und seitdem red ich nicht mehr mit dem.

Ich hab auch schon jemand geliebt, zum Beispiel den Ritter Dalibor, den ich in der Schiefermappe hab, oder ganz gut find ich auch den Luděk Starý aus dem Theater. Wenn die mich auch lieben würden, dann würd ich mit denen bestimmt nicht so was Blödes anstellen, sondern wir würden uns prima unterhalten.

Der Míša Španihel liebt mich so sehr, dass seine Mutter und sein Vater mich mal angucken gekommen sind, weil er ihnen zu Hause andauernd von mir erzählt. Da hab ich gerade auf dem Hof zwischen den Blocks gesessen, auf dem Weg da, wo nach dem Regen immer so prima Pampe ist wie der Ton beim Bildhauern, und ich hab eine Plastik gemacht. Dort sind sie zu mir gekommen. Der Míša, seine Mutter und sein Vater. Sie hatten alle goldene Brillen auf und weiße Glockenhosen an. Ich hab gesagt: »Guten Tag.« Der Míša hat gesagt: »Hallo.« Und seine Mutter hat den Kopf geschüttelt und traurig gesagt: »Das hier ist also deine Helenka …« Und dann hatten sie's ganz eilig, wieder zu gehn. Sie haben mich nicht mal zu sich zu Besuch eingeladen. Aber ich würde sowieso nicht hingehn, weil, wie die Omi Zákopy immer sagt: Wer weiß, was das für welche sind, wenn man kein vernünftiges Wort mit denen reden kann.

Gestern bin ich mit der Zdena Klímová im Schreibwarenladen ein Dreieck kaufen gegangen und wir haben unsere Pionierleiterin Anděla getroffen. Sie hat sich überhaupt nicht ähnlich gesehn und beinah hätten wir sie gar nicht erkannt. Aber als wir sie dann doch erkannt haben, da haben wir uns riesig gefreut. Seit einem Pioniernachmittag im Frühling ist sie nicht mehr gekommen, wir hatten schon Angst, dass ihr was passiert ist.

»Hallooo!«, haben wir ihr zugerufen.

Und die Zdena hat gleich gesagt: »Hoj! Anděla, du bist aber dick!«

Ich hätte das ja nicht gesagt, weil ich weiß, wie das ist, wenn mir jemand so was sagt. Aber es hat gestimmt. Die Anděla hatte einen Bauch so groß wie ein halbes Fass.

»Ich bin nicht dick«, hat sie gesagt, »ich krieg ein Kind.«

»Dann bist du also jetzt verheiratet?«, haben wir uns gefreut.

»Nein«, hat die Anděla gesagt und ist gegangen. Sie wollte sich überhaupt nicht mit uns da drüber unterhalten.

Wir haben die Dreiecke gekauft und uns auf den Randstein vom Brunnen gesetzt.

»Wie geht das denn, dass sie ein Kind kriegt und nicht verheiratet ist?«, hat die Zdena gefragt. Ich hab ihr klar gemacht, dass sie dazu nicht verheiratet sein muss, meine Mami hat ja mit dem Freistein auch nicht geheiratet, und sie haben mich trotzdem gekriegt. Das weiß ich genau. Aber wie das nun in echt ist, da sind wir uns nicht sicher gewesen. Die Zdena glaubt, dass man Kinder beim Küssen macht, aber das stimmt bestimmt nicht, dann könnten ja Kinder und alte Leute auch Kinder kriegen, aber alte Leute kriegen keine Kinder und Kinder auch nicht. Mir hat mal ein Mädchen, die hat neben mir gesessen, weil sie sitzen geblieben ist, inzwischen sitzt sie aber nicht mehr neben mir, weil sie noch mal sitzen geblieben ist, die hat gesagt, dass es die Menschen genauso machen wie die Tiere. Damals hab ich die Kačenka gefragt, ob das stimmt, aber die Kačenka hat sich gleich aufgeregt und gesagt:»Pfui! So kann man das nicht sagen.« Aber wie man das nun sagen kann, das hat sie auch nicht gesagt. Sie hat mich bloß ausgefragt, wer mir das erzählt hat, aber ich hab ihr nichts verraten, weil ich ihr angesehn hab, dass sie dann gleich wieder in die Schule rennt.

Das mit den Tieren ist jedenfalls nicht geklärt. Aber ich weiß sowieso nicht, was die Tiere wie machen, deswegen kann ich auch nicht rausfinden, ob das stimmt.

Wenn ich mich da drüber unterhalten will, fängt die Kačenka jedes Mal an zu erzählen, dass das Baby bei der Mami im Bauch ist wie ein Kern in einem Apfel. Bloß, wie kommt das da rein? Das ist irgendwie ein großes Rätsel, kann sein, dass es der Kačenka auch nicht ganz klar ist, obwohl sie schon zweimal ein Kind gekriegt hat.

In den Ferien in Zákopy hab ich mal gehört, wie sich vorm Haus zwei Frauen über eine andere Frau unterhalten haben, die wohnt auch da und hat einen Haufen Kinder und keinen Ehemann und die ist überhaupt ganz liederlich. Die eine hat gesagt: »Die Vošmiková kriegt schon wieder ein Kind.« Und die andere: »Sag bloß! Hat die Nutte sich schon wieder von wem bumsen lassen?« Und die erste: »Vor allem, wenn das mal nicht dein Vláďa gewesen ist.«

Na das wäre ja total furchtbar! Da will ich lieber überhaupt keine Kinder kriegen, als dass ich mich von jemand bumsen lasse. Ich kann ja nicht mal leiden, wenn mich wer anschreit, und Verhauen gleich gar nicht.

Ich hab mich schon drauf gefreut, dass ich von dem Dreieck noch ein bisschen Geld übrig hab und dass ich mir Wachsstifte kaufe. Aber es sind bloß noch zwei Kronen gewesen, und das ist zu wenig. Das reicht gerade mal für einen Radiergummi oder für ganz normale Bleistifte. Schade, dass sie die Buntstifte nicht auch einzeln verkaufen, so wie Zigaretten. Da würde ich mir zumindest einen rosanen kaufen für die Kleider von den Prinzessinnen oder einen von den seltenen blaugrünen, die sind bloß in den echt großen Buntstiftkästen drin für mindestens sechzig Kronen, fürs Meer und für die Flossen von den Seejungfrauen.

Diesen Monat ist noch ein was Schreckliches passiert und zwei was Gutes. Das Schreckliche ist, dass aus Mähren so ein amtliches Schreiben gekommen ist, und in dem Schreiben stand, dass die Kačenka in der Sparkasse zehntausend Kronen bezahlen soll, weil die Jolana Berenčičová aus dem Fenster gesprungen ist und umgekommen ist und in diesem Fall nicht selber bezahlen kann.

Ich hab die Kačenka noch nie so lange auf dem Kopf stehn sehn, wie nachdem sie den Brief gelesen hat. Den Joga bringt sie schon richtig toll. Sie ist nicht umgefallen, obwohl der Pepa ungefähr zwanzig Mal mit der Tür geknallt hat. Dann sind die Eltern ins Theater gegangen und vom Pförtner aus haben sie in der Stadt angerufen, wo die Berenčičová gewohnt hat, weil sie da alle möglichen Schauspieler kennen, und sie haben rausgefunden, dass das echt stimmt.

Die Berenčičová hat sich dort in einen Mann verliebt und wollte mit dem heiraten, aber der hatte schon eine Ehefrau und noch eine wollte er nicht. Er wollte die Berenčičová bloß so für manchmal, wie extra dazu. Die Berenčičová ist enttäuscht gewesen und hat sich betrunken und ist aus dem Fenster gesprungen, und wir müssen das jetzt bezahlen. Das ist aber auch furchtbar! Die arme Berenčičová, und die arme Kačenka!

Ich hab meiner Deutschlehrerin Frau Freimanová erzählt, was passiert ist. Von der Berenčičová, von dem Geld und auch vom Verschwören im Theater, weil ich die ganze Zeit an das alles denken muss, auch beim Deutsch und beim Bildhauern. Die Frau Freimanová hat einen Tee gekocht und hat super Schokokekse geholt. Sie hat bloß gesagt, dass das schwierige Geschichten sind, und dann hat sie mir ein schönes Lied beigebracht, schon für Weihnachten:

> *Am Weihnachtsbaume, da hängt 'ne Pflaume,*
> *wer hat die Pflaume drangehängt,*
> *das war mein Bruder, das kleine Luder,*
> *der hat die Pflaume drangehängt.*

Ich soll das aber nirgends vorsingen, das ist bloß zu meiner Erheiterung.

Als ich nach Hause bin, hab ich der Frau Freimanová noch vierzig Kronen bezahlt, das ist für den ganzen Monat, und sie hat mir einen zugeklebten Brief für die Kačenka mitgegeben. Die Kačenka hat ihn aufgemacht, und da drin stand auf so einem kleinen Kärtchen: »Nehmen Sie es bitte an, als Ausdruck meiner Sympathie, und versuchen Sie, weniger nett zu sein.« Hinter der Karte hat Geld gesteckt, die vierzig Kronen, die ich der Frau Freimanová gegeben hab, und dann noch tausend. Die Kačenka ist ganz aus dem Häuschen gewesen, sie hat mich ausgeschimpft und dann hat sie sich angezogen und ist zur Frau Freimanová geflitzt. Aber sie ist wieder mit dem Geld zurückgekommen, und wir haben uns überlegt, dass wir uns für die Frau Freimanová was überlegen müssen.

Außerdem ist ein Brief von der Tante Marta Krausová gekommen, das ist das erste Gute, was passiert ist. Die Tante Marta hat geschrieben, dass sie auf dem Weg nach Amerika bei ihrem alten Freund in der Schweiz Station gemacht hat, und dort hat's ihr so gut gefallen, dass sie jetzt gar nicht mehr nach Amerika fährt und dort bleibt. Und außerdem, und das ist die Hauptsache, heiratet sie mit dem Freund da, weil er ein Witwer ist und weil sie ihn noch besser findet als die Schweiz.

Der Freund heißt Egon Blumenthal und ist wirklich wahnsinnig alt. In dem Brief sind auch zwei Fotos gewesen, so schöne bunte, wie Postkarten. Auf dem einen ist die Tante Marta auf einer Wiese, wie sie gerade irgendeine Kuh mit Margeriten füttert. Auf dem Kopf hat sie einen neuen Tiez-Jan und sie sieht ganz, ganz schick aus. Und auf dem zweiten ist die Tante Marta auch auf der Wiese da, wie sie sich gerade mit dem Blumenthal umarmt. Der Blumenthal ist ein winziger Opa mit einer Brille und lustigen Locken und die beiden sehn sehr zufrieden aus.

Da freu ich mich, dass es der Tante Marta gut geht, und vor allem wünsch ich ihr, dass ihr der Opa Blumenthal lange lebendig bleibt.

Na, und das Allerbeste von allem, was ich diesen Monat erfahren hab, ist, dass in vierzehn Tagen die Miluška Voborníková in Ničín ein Konzert gibt.

13

Wie mich die Kačenka verraten hat

Ich bin schrecklich unglücklich, weil mir schon wieder so eine unschöne Geschichte passiert ist. Eigentlich eine total furchtbare, scheußliche Geschichte, und am schlimmsten ist, dass da die Kačenka dran schuld ist. Ich red auch noch nicht wieder besonders viel mit ihr. Zur Strafe sag ich ihr bloß das, was ich muss, und nicht das, was ich gern will. Aber ich weiß nicht, ob sie das mitgekriegt hat.

Ich hab mich auf die Miluška Voborníková fast so sehr gefreut wie auf Weihnachten, oder vielleicht sogar noch mehr, weil Weihnachten ja jedes Jahr ist, aber die Miluška Voborníková, die ist noch nie in Ničín gewesen. Das ist meine allerliebste Lieblingssängerin, und deswegen wollte ich sie auch sehn und hab gedacht, dass ich sie kennen lernen könnte, wo ich doch auch hintenrum ins Theater reinkomme. Bestimmt hat sie in der Garderobe von der Mami gesessen. Ich hab ein Bild gemalt, wo die Miluška Voborníková über eine Wiese geht und ein Prinzessinnenkleid anhat, und ich trag ihr die Schleppe, und das wollte ich ihr nach dem Konzert schenken. Ich glaub, dass mir das ganz gut gelungen ist, weil ich's nach den Plakaten gemalt hab, die sie überall in Ničín aufgehängt haben.

Ich wollte mir so ein Plakat mit nach Hause nehmen, aber in keinem Laden, wo sie das im Schaufenster hatten, wollten sie mir eins geben und auch nicht verkaufen, da musste ich mich auf den Fußweg vor der Kaufhalle stellen und draußen malen. Eine dumme Frau hat mich angemeckert, was ich da im Weg rumstehe, die hat nämlich nicht gewusst, dass das ganz normal ist, dass Maler so malen, draußen eben. Ich musste ihr das erst klar machen, aber wahrscheinlich hat sie's eh nicht kapiert, nach einer Weile ist sie nämlich noch mal vorbeigekommen und hat zu mir gesagt: »Bist du immer noch hier? Mädel, ich hab mich so über dich aufgeregt, dass ich ganz vergessen hab, Speck zu holen.« Und ein Mann, der sie gehört hat, der hat gesagt: »Ja, ja, gute Frau, die Kinder sind heutzutage furchtbar dreist, weil sie zu Hause viel zu wenig Prügel kriegen.« Und dann haben die beiden sich da hingestellt und haben angefangen sich zu unterhalten und haben ständig auf mich gezeigt. Da bin ich lieber weggegangen.

Bei uns im Haus wohnen ein paar so dicke, eklige Männer. Wenn's schön ist, dann sitzen die den ganzen Nachmittag auf der Bank vor dem Eingang und gucken, wer rauskommt und wer wieder reingeht. Die ganze Zeit tuscheln die irgendwas und zu uns sagen sie Komödianten. Ich hab das ganz genau gehört und ich geh überhaupt nicht gern bei denen vorbei.

Die Frau von der Kaufhalle ist auch so eine gewesen, aber ich hab mich nicht da drüber geärgert. Hauptsache, ich hab ein Geschenk für die Miluška Voborníková, für das sie mir ja vielleicht ein richtiges Foto von ihr mit einer Unterschrift schenken könnte. Da hab ich noch nicht gewusst, was dann passiert ist.

Die Miluška sollte am Sonnabend kommen, und die Eltern haben mir versprochen, wenn ich bis dahin keine schlechte Zensur krieg, dann bleiben wir in Ničín und einer geht mit mir zu dem Konzert hin. Bloß, am Freitag hat die Kačenka eine Karte gekriegt, da stand drauf, dass am Sonnabend die Tante Irma mit dem Arnošt und der Mařka und mit ihrer blöden Tochter Soňa nach Zákopy kommen und dass sie uns auch gern sehn würden.

Ich hab die Karte gelesen und bin gar nicht draufgekommen, einen Schreck zu kriegen, weil ich gedacht hab, dass die Kačenka anständig ist und immer die Wahrheit sagt wie der Opi František, und wenn sie was verspricht, dass sie das dann auch hält. Aber die Kačenka hat mich verraten. Als ich aus der Schule gekommen bin, da hat sie schon für Zákopy gepackt und hat getan, wie wenn nix wäre.

Ich hab gefragt, warum sie packt, wo wir doch nirgends hinfahren, und die Kačenka hat gesagt, dass wir nun doch fahren, weil lieber Besuch kommt, dass das eine andere Situation ist und dass ich schließlich ein vernünftiges Mädchen bin. Ich hab versucht, sie zu überreden und ihr klar zu machen, dass ich die Miluška Voborníková sehn *muss*, danach hab ich angefangen zu heulen, und als das auch nicht geholfen hat, da hab ich zu ihr gesagt, dass sie eine Lügnerin ist. Die Kačenka hat mir eine gelangt und gesagt, dass ich halt irgendwie ohne diese dämliche Miluška Voborníková weiterleben muss. Das hat sie echt gesagt, »dämliche Miluška Voborníková«, obwohl sie weiß, was die Miluška Voborníková für mich bedeutet! Ich bin in mein Zimmer gegangen und hab die Tür zugemacht, und dann hab ich das Fenster aufgemacht und rausgeschrien: »Dämliche Tante Irma! Dämlicher Arnošt! Dämliche Mařka! Dämliche bescheuerte Soňa!«

Da ist die Kačenka gekommen und hat mich vom Fenster weggezerrt und angefangen mich zu versohlen. Der Pepíček hat sie gehauen, da hat er auch gleich was abgekriegt. Als der Pepa aus dem Theater gekommen ist, da hab ich mit dem Pepíček auf dem Fußboden gesessen und wir haben geheult. Die zwei haben sich in der Küche eingeschlossen und die Kačenka hat gepetzt.

Der Pepa hat uns nichts getan, aber nach Zákopy sind wir trotzdem gefahren. Dafür hab ich dem Pepíček die Wörter »Nutte« und »Arsch« beigebracht. Er kann zwar noch nicht »sch« sagen, aber das macht nix, das lernt er mit der Zeit, und es hat ihm total gut gefallen.

Den ganzen Sonnabend ist in Zákopy überhaupt nichts passiert, wir haben bloß auf den Besuch gewartet. Ich hab gemalt und niemand hat mich gezwungen, mit den Kindern spielen zu gehn. Der Pepa hat auf der Couch gelegen und die Omi und die Mami haben gekocht und sauber gemacht und der Pepíček hat gespielt. Nachmittags, als mir alles keinen Spaß mehr gemacht hat, da bin ich mit dem Opi zum Kulturhaus und auf den Dorfplatz gegangen, Plakate aufhängen für Fußball und für Versammlungen und für ein Tanzvergnügen. Der Opi schreibt in Zákopy alle Plakate für alles. Unterwegs hab ich Kastanien gesammelt für Tiere und Figuren, und als wir mit den Plakaten fertig gewesen sind, da hat der Opi das Kulturhaus aufgeschlossen und im Kulturhaus die Bibliothek, und da haben wir uns verkrochen.

Der Opi ist in Zákopy nämlich der Bibliothekar, einmal in der Woche borgt er Bücher aus, aber verstecken geht er sich da öfter mal. Er schreibt dort die Plakate oder die Hefte über das Bücherausborgen oder die Chronik von Zákopy oder er liest oder er denkt einfach bloß nach. Und ich auch. Wir sind bis abends dort geblieben und es ist nichts passiert, weil überhaupt kein Besuch gekommen ist.

Wie die Kačenka nun inzwischen die ganze Zeit zu Hause eingesperrt gewesen ist, da hat sie sich was anderes Schreckliches ausgedacht. Am Sonnabend hat sie früh am Laden so ein Plakat gelesen, aber keins vom Opi, dass die Genossenschaft Schnecken aufkauft, das Kilo für fünf Kronen. Weil wir wegen der Berenčičová wenig Geld haben und weil's am Sonntag früh ein bisschen geregnet hat, das soll für so was angeblich nötig sein, da mussten wir alle, auch der Opi, Schnecken sammeln gehn. Bloß der Pepíček und die Omi, die durften zu Hause bleiben.

Wir haben Stiefel angezogen und lauter Netze und Plastetüten mitgenommen, und den ganzen Vormittag sind wir über die Wiesen und die Felder und auch durch die Gräben neben der Straße gelaufen. Wir sind von Zákopy bis zu den Kleinen Felsen gegangen. Dort hab ich mit dem Opi eine Schnecke gefunden, die ist versteinert gewesen, von der Uhrzeit oder so. Der Opi hat mir erzählt, wie's ausgesehn hat, als Zákopy noch der Grund vom Meer gewesen ist, überall, wo wir langgegangen sind, ist Wasser gewesen und da sind Fische rumgeschwommen. Dann hat's angefangen zu regnen und wir sind ganz durchgeweicht zu Hause angekommen. Aber die ganzen Beutel und Tüten, die wir mithatten, die sind voll gewesen mit Schnecken.

Wenn wir sie verkaufen, dann schicken sie sie angeblich nach Frankreich und dort werden sie gegessen. Ich find das ja doof. Ich find's doof, Schnecken zu sammeln oder zu verkaufen oder sie krepieren zu lassen oder sie zu essen, und der Opi findet das auch doof, obwohl er nichts sagt. Ich erkenn das doch. Aber ich darf nicht bestimmen und der Opi auch nicht. Ich, weil ich noch zu klein bin, und der Opi, da weiß ich nicht, warum. Ich finde, dass er sich viel zu viel gefallen lässt.

Als wir nach Hause gekommen sind, stand ein Prager Auto vor der Tür. Die Tante Irma ist am Sonntag gekommen statt am Sonnabend. Die Mami hat gesagt, dass der Papi und der Opi fix die Schnecken zu dem Mann bringen sollen, der sie für die Genossenschaft aufkauft. Wahrscheinlich hat sie sich vor der Tante Irma und vor ihrem Cousin Arnošt geschämt, weil die aus Prag sind und weil die reich sind und gebieterisch. Ich bin so stinksauer auf die Kačenka gewesen, dass ich erst recht Lust hatte, den beiden zu erzählen, was wir gemacht haben, aber ich hab mich dafür genauso geschämt wie die Kačenka, und außerdem hab ich die Kačenka ja trotzdem noch lieb. Ach ja.

Die Tante Irma hat den Pepíček auf ihrem Schoß gehuschelt und ihn ausgefragt, wie's ihm geht. Der Pepíček hat gebrabbelt: »Nuude, Aars, Milusska Voboníková.« Die Tante Irma hat ihn nicht so richtig verstanden, aber sie hat mitgekriegt, dass er was von einer Miluška erzählt, und sie hat gesagt: »Da interessierst du dich also schon für die Mädchen, Pepíček? Weißt du was, geh doch mit der Soňa spielen. Und du auch, Helenka, geht spielen, Kinder.« Ich hab dran gedacht, dass jetzt die Miluška Voborníková schon längst wieder zurück ist in Prag, und ich musste ganz schnell an den tapferen Bella Tschau denken, damit ich nicht gleich wieder anfange zu heulen.

Weil die Kačenka auch was von ihrem Besuch haben wollte, sind wir erst Montag früh nach Ničín zurück. Unterwegs haben wir wieder das Mädchen aus dem Forsthaus getroffen und wir haben sie zu ihrer Schule gebracht. Ich hab mit ihr Adressen getauscht und wir haben ausgemacht, dass wir uns schreiben. Sie hat auch wenig Freunde, so wie ich, weil sie weit weg von den Leuten wohnt, und ihre Mitschüler dürfen von ihren Eltern aus nicht alleine da hingehn. Und außerdem heißt denen ihr Haus auch noch Teufelsmühle.

Die Kačenka ist bei guter Laune gewesen, wahrscheinlich, weil ihr Wochenende so gewesen ist, wie sie's gewollt hat, und da hat sie mal wieder angefangen, sich einzukratzen und nett zu sein. Sie hat mir einen Fünfer gegeben von den siebzig Kronen, die sie für die Schnecken gekriegt hat, und die ganze Fahrt lang hat sie was erzählt. Aber ich bin tapfer und stolz geblieben. Ich hab die fünf Kronen genommen und ansonsten hab ich sie überhaupt nicht beachtet. Ich hab sie dann nur noch gefragt, welche Sängerin und welchen Sänger sie am besten findet, wo sie die Miluška Voborníková dämlich findet und den Petr Spálený, den hübschen mit dem Schnauzbart, den auch. Sie hat gesagt, dass ihr alle Sänger gestohlen bleiben können, aber als sie gesehn hat, wie böse ich gucke, da hat sie eine Weile überlegt und dann behauptet, dass sie am besten wahrscheinlich die Marta Kubišová findet und irgendeinen Suchý.

Ich weiß auch nicht, was das nun wieder heißen soll, ich hab von denen nämlich in meinem ganzen Leben noch nie was gehört oder sie gesehn. Ich weiß nicht, ob sie mich nicht veräppelt. Das macht sie ganz schön oft. Aber jetzt will ich nichts mehr über Sänger fragen, damit ich davon nicht wieder unnötig traurig werde.

Die Kačenka ist bis in die Schule mit mir mitgekommen, sie hat auf unsere Lehrerin Frau Koláčková gewartet und irgendwas mit ihr diskutiert, aber sie hat mir nicht gesagt, was. Die Mädchen aus der Klasse haben das gesehn, und als wir in der Umkleide die Schuhe gewechselt haben, da hat die Krátká gesagt: »He, guck mal, Moppidicks Mutti ist hier. Du hast bestimmt schon wieder wen verpetzt.« Ich hab gesagt, dass ich noch nie jemand verpetzt hab. Aber die Krátká hat gesagt: »Petze, Petze, ging in' Laden, wollt für 'n Dreier Käse haben! Und du hast ja doch gepetzt, und deine Mutti auch und dein Vati auch.« – »Nimm das zurück!«, hab ich gesagt. Aber die Krátká hat das nicht zurückgenommen und sie hat gesagt, dass wir alle Komödianten sind. Da musste ich ihr eine runterhauen, sie hat mir auch eine runtergehauen und wir haben angefangen uns zu prügeln.

Die anderen sind alle aus der Umkleide raus, aber sie sind hinter dem Maschendraht stehn geblieben und haben geguckt, wie's ausgeht. Wir haben uns kreuz und quer über die Bänke und auf dem Fußboden rumgewälzt und es ist ganz schön lange unentschieden gewesen, aber dann hab ich's geschafft, der Krátká mit der Faust gegen die Nase zu bumsen, und das war's dann. Sie hat geheult und hat gesagt, dass sie das sagen geht. Aber inzwischen ist das schon jemand anderes sagen gegangen, und da ist die Frau Koláčková gekommen und hat uns ins Klassenzimmer gescheucht und hat uns beiden einen Eintrag ins Hausaufgabenheft gegeben.

Sie wollte überhaupt nicht hören, wie das gewesen ist, und ich hatte sowieso keine Lust, was zu erklären. Als ich mich setzen gegangen bin, da wollte mir die Krátká ein Bein stellen, aber ich hab das mitgekriegt und hab ihr mit aller Kraft draufgestampft. Nach einer Weile hab ich einen Zettel gekriegt, da stand drauf: DU HAST MIR DAS BEIN GEBROCHEN, NA WARTE, DU FETTARSCH, WENN MEINE MUTTI ERST DEINE MATHELEHRERIN WIRD. Bloß, das dauert noch ganz schön lange, die Mutti von der Krátká gibt Mathe erst in der Mittelstufe. Und außerdem hab ich der Krátká überhaupt kein Bein gebrochen. Ich glaub, ich hab gewonnen.

Zu Hause hab ich mich dann nicht mehr so da drüber gefreut. »29. 9.: Will lieber raufen, statt die Schuhe zu wechseln«, hat die Frau Koláčková geschrieben. »Will lieber was?«, hat der Pepa gefragt, als er und die Kačenka sich das durchgelesen haben. »Ach so, raufen. Na das geht ja noch …!«

Die Kačenka hat ihn nicht ausreden lassen und sie wollte anfangen, mir was zu erzählen, aber der Pepa hat gefragt, wie das gekommen ist, und als ich's ihnen erklärt hab, da hat er eingesehn, dass man da nix machen konnte. Man soll nie was anfangen, aber wehren muss man sich schon. Das weiß ich nämlich gerade vom Pepa. Die Kačenka hat's zum Schluss dann auch eingesehn und hat unterschrieben.

Beim Abendbrot hat die Kačenka die Zeitung rausgeholt und ein Inserat vorgelesen, dass in Prag ein Vorsprechen für einen Film stattfindet und dass sie für den Film Geschwister suchen: ein größeres Mädchen und einen kleineren Jungen, genauso groß, wie ich und der Pepíček gerade sind. Danach hat sie gesagt, sie hat sich gedacht, dass wir's ja vielleicht mal versuchen könnten. Und weil das Vorsprechen in vierzehn Tagen am Freitag ist, ist sie die Frau Koláčková fragen gewesen, ob sie mir frei geben kann. Die Frau Koláčková hat's versprochen. An dem Tag fällt nämlich eh der Unterricht aus und wir gehn ins Kino, in den russischen Film ›Massaker an der Wolga‹. Zum Schluss hat mich die Kačenka dann gefragt, was ich lieber will. Ich kann's mir angeblich aussuchen. Sie hat ganz genau gewusst, was ich sag. Die Kačenka, die ist schlau, und sie ist auch gar nicht so übel.

14

Wie sie mich beim Film nicht genommen haben und was den Schnecken passiert ist

Der Monat, der gestern zu Ende gewesen ist, der hat mir keinen Spaß mehr gemacht. Der ist ganz vernieselt gewesen und nichts hat bei mir so geklappt, wie ich wollte. Angefangen hat das mit der Miluška Voborníková und mit den Schnecken, wir sind noch zweimal gegangen, und am Ende ist das mit der Omi Zákopy gewesen, die hat eine Gallenkolik gekriegt und liegt jetzt im Krankenhaus und ist frisch operiert.

Hauptsache, sie ist lebendig. Die Mami hat organisiert, dass die Omi im Ničíner Krankenhaus liegen kann, damit sie nachgucken kann, ob sie sich gut um die Omi kümmern. Die Mami ist in Ničín mit allen möglichen Ärzten befreundet, zum Beispiel mit dem Herrn Doktor Jäger. Der Jäger hat der Omi den Bauch aufgeschnitten und einen Haufen Steine rausgeholt, und dann hat er ihr den Bauch wieder zugenäht. Die Omi hat die Steine aber nicht gegessen, die sollen angeblich von selber da entstanden sein, weil sie so wenig lacht.

Jetzt hab ich Angst, dass das der Kačenka auch passieren kann. Die lacht zur Zeit ganz wenig, sie regt sich andauernd auf und weint fast jeden Tag. Der Direktor Vytlačil hat sie nämlich zu sich bestellt und zu ihr gesagt, dass sie weg muss. Er wollte, dass sie so tut, wie wenn sie von selber gehn würde, aber das wollte die Kačenka nicht, und nun kriegt sie eine Kündigung. Ab Januar hat sie dann kein Engagement mehr. Gleichzeitig mit der Kačenka muss auch die Lída

Ptáčková mit ihrem Hund Ťutim weg, und der Regisseur Herr Michálek und noch der Herr Dusil. Sozusagen müssen alle weg, die die Andrea Kroupová und der ihr Sekretär Pelc dort nicht haben wollen.

Die Kačenka und die Lída Ptáčková und der Dusil und der Michálek, die haben ausgemacht, dass sie sich nicht so leicht kleinkriegen lassen. Sie wollen das Theater verklagen. Andauernd treffen sie sich irgendwo und besprechen sich. Und Wein trinken sie auch ganz schön viel. Die Kačenka macht keinen Joga mehr und sie macht auch nicht mehr die Übungen mit dem Rädchen, sondern sie sitzt nur noch so rum, hört auf dem Plattenspieler ›Mein Vaterland‹ vom Bedřich Smetana oder sie rennt in einer Tour in die Kirche. Sie betet dort für die Omi und wahrscheinlich auch gegen die Kroupová. Sie hört auch oft den einen Sänger, der Suchý heißt und von dem ich gedacht hab, dass der bloß erfunden ist. Ist er nicht. Die Eltern haben von jemand drei winzige Platten in grauen Hüllen ohne Bilder gekriegt, und da ist er drauf. Ich find den ganz gut, obwohl mich stört, dass ich nicht weiß, wie er aussieht.

Die Kačenka hört am liebsten ›Tja, da hab ich noch gelebt‹ und dann noch ein Lied, das heißt so was wie: ›Sie fragen, warum ich nicht trübsinnig geworden bin‹ oder so. Da singt der Suchý, dass er, obwohl's draußen furchtbar eklig war, nicht trübsinnig geworden ist wegen allen möglichen Leuten, die er alle aufzählt und von denen ich bloß den Charlie Chaplin kenne. Die Kačenka kennt die alle, aber sie wird trotzdem immer trübsinniger.

»Die Lída Ptáčková und der Dusil, die haben keine Kinder, und die Kinder von den Micháleks, die sind schon erwachsen. Aber was sollen denn wir machen …?«, sagt die Kačenka.

»Ihr könntet uns zum Beispiel in den Wald schicken wie

Hänsel und Gretel«, hab ich einmal gesagt, weil ich die Kačenka zum Lachen bringen wollte. Aber die Kačenka hat mich nur groß angeguckt und dann hat sie angefangen zu weinen.

»Na-hain! Nich in den Wa-hald!«, hat der Pepíček geschrien und sich unterm Sofa versteckt, weil er Schiss hatte, dass ich das ernst meine.

Die Kačenka ist davon, dass wir zwei Tage in Prag gewesen sind wegen dem Vorsprechen, auch nicht fröhlicher geworden. Sie hat zwar ganz gute Laune gehabt, aber bloß, bis wir wieder nach Ničín zurückgekommen sind.

Das Vorsprechen war in einem großen Haus an einem Platz, da gab's Geschäfte und einen Park, in einem Viertel, das heißt Smíchov. Das Haus, das ist denen ihr Kulturhaus, aber das ist was ganz anderes als das in Ničín. Das dort ist viel hübscher. Es sind ungefähr so viele Kinder dort hingekommen, wie in unsere ganze Schule gehn, und als uns die Leute vom Film angeguckt haben, da haben sie gesagt, dass ich mit dem Pepíček nachmittags noch mal kommen soll. Nachmittags sind wir dann bloß noch ungefähr zehn Geschwister gewesen. Aber noch vorher ist die Mami mit uns in der schönen Smíchover Gaststätte »U Holubů« Mittag essen gegangen und wir durften uns bestellen, was wir wollten. Da wollten wir Schnitzel und dann noch Torte und wir sind wahnsinnig glücklich gewesen.

Danach haben uns die Männer und die Frauen vom Film noch mal von vorn angeguckt, sie haben uns nach allem möglichen allgemeinen Zeug gefragt und wollten, dass wir ihnen ein Lied vorsingen. Sie haben ständig so geguckt, wie wenn an uns irgendwas zum Lachen wäre, und zum Schluss haben sie der Kačenka dann gesagt, dass wir am nächsten Tag noch mal kommen sollen und dass man dann weitersieht. Und es hat so ausgesehn, wie wenn wir schon gewonnen hätten, außer uns sollte nämlich nur noch ein anderer Junge und ein Mädchen kommen. Aber wir haben dann doch nicht gewonnen, weil ich's uns versaut hab, so, wie ich jedes Mal alles versaue.

Am nächsten Tag hat da so ein winziger Mann mit Brille gesessen, das ist der Regisseur gewesen, der hat die Augen zusammengekniffen und gesagt: »Großartig, die sind großartig!« Dann hat er mit dem Finger auf mich gezeigt und gesagt, ich soll irgendein Gedicht aufsagen. Da hab ich mich verbeugt und hab gesagt »Aleksandr Bezymenskij − ›Brieflein‹«, weil wir das gerade in der Schule haben. Aber ich hab's nicht ganz aufgesagt, ich hab bloß angefangen:

Ach, heldenhafte Soldaten unsrer Armee
an euch, dort im Winter, schreibe ich …

Und der Regisseur ist von seinem Platz aufgesprungen, wie wenn ihn was gestochen hätte, und er hat geschrien: »Genug! Genug! Das reicht! Das reicht vollkommen aus!«

Als wir raus in den Flur gegangen sind, da hab ich gehört, wie er zu einem anderen Mann sagt: »Der Junge war großartig, aber das Mädchen! Wie Husáks Enkeltochter.« Und da hab ich gewusst, dass sie uns nicht für den Film nehmen wollen, obwohl sie der Kačenka gesagt haben, dass sie sich melden. Der Kačenka hab ich das aber nicht gesagt, weil mir das peinlich gewesen ist und weil mir's leidgetan hat.

Na, jetzt weiß ich, dass ich dümmer bin, als ich gedacht hab. Eigentlich andersrum: Ich hab gedacht, dass ich schlauer bin, als ich bin − bin ich aber nicht, und das hab ich nun davon. Jetzt muss ich für immer und ewig in Ničín bleiben und ganz normal in die Schule gehn.

In Prag sind ein paar Straßen schrecklich aufgebuddelt gewesen, weil sie dort eine Metro bauen. Das soll angeblich so eine eingegrabene Eisenbahn sein, zu der muss man, damit man einsteigen kann, mit einer Rolltreppe runterfahren, und wenn man aussteigt, dann muss man wieder mit einer Rolltreppe hochfahren. Ich weiß auch nicht, warum's solche sensationellen Sachen immer nur in Prag gibt. In Ničín können sie höchstens einen Bergmann aus Bronze bauen, mit dem überhaupt nix los ist.

Von Prag aus sind wir nicht direkt nach Ničín zurück, sondern wir sind mit dem Zug nach Králův Dvůr gefahren und von dort mit dem Bus nach Zákopy. Bloß, der Bus ist erst gottweißwann gefahren. Es ist schon ganz schön kalt gewesen und auch ein bisschen dunkel, und wegen dem Pepíček konnten wir nicht so weit zu Fuß gehn, deswegen sind wir in so eine alte, hässliche Kneipe am Bahnhof gegangen und haben auf den Bus gewartet. Ich und der Pepíček, wir haben einen Tee und ein Würstchen bestellt und die Kačenka einen Grog und ein Würstchen, und wir haben geguckt, wie am Fenster eine Fliege langkrabbelt und wie's draußen dunkel wird.

In der Kneipe da ist alles ganz gelb gewesen. Die Wände, die Bilder, das Bier und der Tee sind gelb gewesen und das Licht dort ist auch gelb gewesen. Und was nicht gelb war, das ist schwarz gewesen. Der Ofen in der Ecke ist schwarz gewesen und die Kohle, die um den Ofen rum verschüttet war, und die Asche, mit der die Servietten vollgeschmuddelt waren, und die Wände sind schwarz gewesen. Eigentlich ist das beides auf einmal gewesen: schwarz und gelb. Ganz Králův Dvůr ist so. Alle Häuser sind so gelblich und dabei ist so schwarzer Dreck da drauf, wegen dem Staub und der Asche von der Fabrik.

Die Kneipe ist voll gewesen mit dreckigen Opas und Kerlen und die haben alle schrecklich laut geredet, und aus der Ecke hat noch der Fernseher da reingeredet, auch schrecklich laut. Aber manchmal, wenn sie aufgehört haben sich zu unterhalten, zum Beispiel, wenn jemand Neues reingekommen ist, da hat man auf einmal gehört, wie draußen das Wasser rauscht und der Wind bläst.

Zwei solche Opas haben sich an unseren Tisch gesetzt und haben sich unterhalten. Der eine hat dauernd gesagt: »Bin ich blöd!« Und der andere dann: »Du bist nicht blöd, du bist 'n Idiot.« Und immer wieder von vorn, wie wenn der Plattenspieler kaputt ist. Da war's schon ganz spät, deswegen haben wir bezahlt und sind zum Bus gegangen.

Ich hab mich ans Fenster gesetzt und ins Dunkle und Nasse rausgeguckt. Bloß, als wir kurz vor Křižovatky gewesen sind, das ist ein Abzweig vor Zákopy, da hab ich meine Augen extra zugemacht und zur Kačenka gesagt, sie soll mir sagen, wenn wir *da dran* vorbei sind. Dort steht nämlich was an der Straße und davor hab ich Angst. Die Kačenka erklärt mir jedes Mal, dass da früher ein Kreuz auf einem Sockel gestanden hat, das Kreuz hat jemand abgebrochen und das, was jetzt dort steht, das ist bloß noch der leere Sockel. Bloß ein Stein, nichts, vor was ich Angst haben brauche. Aber das nützt mir überhaupt nix, dass ich weiß, was das mal gewesen ist. Jetzt ist es jedenfalls was anderes und furchtbar gruselig.

Ich weiß, dass es dort ist, auch wenn ich die Augen zumache, aber wenn ich's nicht angucke, dann tut's mir ja vielleicht nix. Die Kačenka sagt dann immer zu mir: »Du kannst«, und dann sind wir schon in Zákopy.

Der Lugar und der Jožan und die Drahuna und noch andere Kinder aus Zákopy haben sonntags hinterm Haus gesessen und haben sich schrecklich gelangweilt, bis dem Jožan eingefallen ist, dass er am Laden das Plakat von den Schnecken gelesen hat, und er hat vorgeschlagen, dass sie welche sammeln gehn sollen. Der Lugar fand das einen blöden Einfall, aber der Jožan hat gesagt, dass das nix Blödes sein kann, wo sein Vater sich immerhin zehn Biere zusammengesammelt hat. Und dass man's ja mal versuchen könnte. Da haben sie's versucht, aber sie haben viel zu wenig Schnecken mitgebracht, ungefähr bloß zwanzig, es ist nämlich nicht mehr so warm gewesen und fast keine Schnecke hat noch Lust gehabt zum Spazierengehn. Sie sind damit zu dem Mann gegangen, zu dem Aufkäufer, bloß, der hat ihnen gesagt, dass es schon zu spät ist, dass das schon vorbei ist und dass die Genossenschaft keine Schnecken mehr haben will. Da sind sie mit den Schnecken wieder hinters Haus gekommen und waren furchtbar sauer, weil sie sich umsonst angestrengt haben. Sie sind so stinksauer gewesen, dass sie sich an den Schnecken rächen wollten. Sie haben angefangen, die Schnecken einzeln auf den Boden zu schmeißen, auf den Asphalt. Es hat jedes Mal geknirscht, wenn ein Haus kaputtgegangen ist, und dann sind sie auf ihnen rumgetrampelt, bis die Schnecken Matsch gewesen sind.

Als ich gekommen bin, da haben sie mir gleich zwei Schnecken gegeben und ich hab das auch gemacht. Ich hab mich auch an den Schnecken gerächt.

Jetzt sitz ich in der größten Matsche-Patsche, in der ich jemals gesessen hab, und ich weiß überhaupt nicht, was ich machen soll. Ich hab keine Angst, dass ich was abkrieg. Keiner hat das gesehn. Und keiner hat gepetzt, weil alle mitgemacht haben, die dort gewesen sind. Aber ich bin ganz wuschig im Kopf. Und am Kopf hab ich eine Schürfwunde. Abends bin ich nämlich hinters Haus gegangen und mit Absicht mit der Stirn an der Wand langgeschürft, bis es angefangen hat zu bluten. Aber das hat mir überhaupt nix genützt.

Am Montag hab ich beim Bildhauern eine Bärin modelliert mit einem Bärenjungen und der Herr Pecka fand das total gut. Ich wollte mich mit ihm unterhalten über alle möglichen ernsten Sachen, aber das ging nicht, der Herr Pecka hat nämlich Geburtstag gefeiert und ganz viel Arbeit damit gehabt. Er musste Schnittchen schmieren und Schallplatten wechseln und Wein eingießen und auch noch malen.

Der Herr Pecka hat nicht nur seinen Geburtstag gefeiert, sondern auch seine Ausstellung. Ich hätte seine Plastiken schrecklich gern gesehn, aber die Ausstellung ist nicht in Ničín gewesen, sondern in Prag. Der Herr Pecka ist nämlich aus Prag, nach Ničín zum Zirkel fährt er nur, damit er sich besser ernähren kann. Der Herr Pecka hat mir so ein dünnes Heftchen gegeben, da drin sind die Fotos von ein paar von seinen Plastiken und da steht auch was über den Herrn Pecka drin, wie er heißt und wie alt er ist und warum er die Plastiken macht. Zum Beispiel steht da, dass er mit einigen von seinen Statuengruppen – das sind mehrere Plastiken auf einem Sockel –, dass er damit die Freude über die schönen, neuen, sauberen und geräumigen Häuser ausdrücken will, in denen heutzutage die jungen Leute wohnen können und vor denen er am liebsten seine Statuengruppen aufstellt.

Ich hab mir das gleich beim Bildhauern durchgelesen und hab den Herrn Pecka gefragt, ob er die Blocks, in denen wir wohnen, wirklich schön findet, dass mir jedenfalls alle möglichen alten Häuser, zum Beispiel in Prag, viel besser gefallen, und wie das nun ist. Der Herr Pecka hat mich über seine Brille weg angeguckt und zu mir gesagt, dass ich eine gefährliche Person bin, aber dass er mich trotzdem gut leiden kann. Er hat mal wieder so doll gelacht, dass ihm die Tränen aus den Augen gespritzt und innen an der Brille runtergelaufen sind. Das kann nur der Herr Pecka. Als er fertig gewesen ist mit Lachen, da hat er sich auf einen Stuhl gesetzt und die Brille mit seinem Taschentuch abgewischt, und dann hat er gesagt: »Helča, nicht nur die alten Häuser, auch die alten

Plastiken sind hundertmal schöner als die neuen, aber Geld ist Geld. Ich werd dich doch schließlich nicht anlügen!«

Ich hab den ganzen Weg nach Hause da drüber nachgedacht und dann zu Hause noch mit der Kačenka. Besonders gut find ich das nicht. Ich würde fast sagen, dass das Schmu ist. Aber ich kann ja auf den Herrn Pecka eh nicht böse sein. Na ja, eigentlich bin ich schon böse auf ihn, aber ich kann ihn trotzdem gut leiden.

Wir sind bei der Omi im Krankenhaus gewesen. Sie hat sich gefreut und ihr geht's auch schon besser. Als die Kačenka den Herrn Doktor Jäger was fragen gegangen ist, da hab ich gedacht, dass ich der Omi vielleicht das von den Schnecken erzählen könnte, aber das hat ja doch keinen Sinn. Kaum hat die Kačenka die Tür zugemacht, da hat die Omi der einen Frau aus dem Nachbarbett zugeflüstert, dass die Kačenka bei weitem nicht so eine gute Tochter ist, wie sie aussieht. Ich hab die Omi echt lieb, aber manchmal macht mir das ganz schön zu schaffen.

Ich müsste das mit den Schnecken dringend mal wem erzählen, vielleicht der Mami oder dem Opi. Die würden mir nichts tun, aber ich hab Angst, dass es ihnen dann auch zu schaffen macht, mich lieb zu haben.

15

Wie mich die Wölfe aufgefressen haben

Das mit den Schnecken hab ich noch niemand gesagt und werd's wahrscheinlich auch niemand sagen, weil ich schon den nächsten Schlamassel hab. Das wär dann zu viel auf einmal. Na ja, ich find zwar nicht so schrecklich, was ich gemacht hab, aber die Omi ist ganz von der Rolle.

Sie hat auf dem Klo einen Vorhang hängen, den ihr die Mami gekauft hat, und da drauf sind lauter so kleine Rosen, blaue und grüne, und die wiederholen sich da immer wieder von vorn. Ein paar sind ganz, ganz hübsch und die eine, die ist total toll. Genau die wollte ich schrecklich gerne haben. Immer, wenn ich in Zákopy auf dem Klo sitze, dann guck ich sie an, vor allem meine Lieblingsrose.

Einmal hab ich die Mami und die Omi gefragt, ob ich sie mir nicht ausschneiden und behalten kann, weil ich sie so furchtbar schön finde. Sie haben Nein gesagt, ich kann sie ja angucken, wenn ich da sitze. Da hab ich ihnen versucht klar zu machen, dass ich sie in der Hand haben will oder irgendwo in eine Schachtel legen und sie nicht bloß so angucken will. Wenn ich sie nicht haben kann und sie dabei die ganze Zeit angucken muss, dann ist das total schlimm. Aber sie haben nichts kapiert und die Kačenka hat sogar drüber gelacht, weil sie nicht erkannt hat, dass das eine ernste Angelegenheit ist. Ich hab gemerkt, dass man da nix machen kann, und ich hab versucht, auf sie zu hören.

Bloß, jedes Mal, wenn ich dort auf dem Klo gewesen bin,

musste ich dran denken. Vor allem beim Groß Machen, das dauert bei mir meistens lange, deswegen denk ich dabei viel nach. Na, und vor kurzem hab ich's nicht mehr ausgehalten. Da bin ich in Zákopy allein gewesen mit dem Opi, weil die Omi im Krankenhaus gewesen ist und die Eltern in Ničín geblieben sind. Sie haben mich bloß in den Zug gesetzt. Da hab ich mir im Nähkorb von der Omi eine Schere gesucht und bin aufs Klo und hab mir meine Rose ausgeschnitten. Wirklich bloß die eine, ich hab extra aufgepasst, damit das Loch nicht zu groß wird. Aber ich hab gewusst, dass es nicht gut aussieht, meine Rose ist nämlich ausgerechnet direkt in der Mitte gewesen. Ich hab auch nicht versucht, das zu vertuschen. Ich hab die Rose in meine Schiefermappe getan, zum Dalibor, und ich hab gewartet, bis es wem auffällt.

Der Opi hat nichts gemerkt, aber der Omi ist's gleich aufgefallen, als sie aus dem Krankenhaus gekommen ist. Alle sind angerannt gekommen und haben mich furchtbar angeschrien und lamentiert, wie ich das bloß machen konnte und ob ich denn nicht gewusst hab, dass die Omi da drüber unglücklich ist. Ich hab gesagt, dass ich das gewusst hab, aber dass ich's trotzdem machen musste.

Keiner hat das eingesehn, nur die Frau Freimanová. Die Kačenka hat's ihr auf dem Weg zum Erntedank gepetzt. Wir haben die Frau Freimanová mit nach Zákopy genommen, um uns für das Geld zu revanchieren, das sie der Kačenka damals mitgeschickt hat. Die Kačenka wollte mich vor der Frau Freimanová schlecht machen, aber die Frau Freimanová hat gelacht und dann hat sie zur Kačenka gesagt: »Frau Brďochová, wahrscheinlich werden Sie mir das jetzt übel nehmen, aber wenn Helenka sagt, dass sie sich die Rose ausschneiden *musste*, dann weiß ich genau, dass es wirklich so sein musste.« Die Kačenka hat ihr das nicht übel genommen, aber vergessen ist das noch nicht. Sie haben mir keine einzige Krone fürs Karussell gegeben. Zum Glück hat mir der Opi was zugesteckt.

Der Opi hat furchtbar wenig Geld, weil er immer alles bei der Omi abliefern muss, aber für wichtige Sachen hat er jedes Mal was. Und vor allem braucht der Opi manchmal auch gar kein Geld.

Nach Zákopy kommen immer zwei verschiedene Schausteller, die haben beide eine Schießbude, ein Kettenkarussell und Schiffschaukeln. Die einen kommen bloß im Frühjahr zur Kirmes und die anderen bloß im Herbst zum Erntedank. Der Schausteller im Frühling hat immer eine schwarze Baskenmütze auf und seine Frau ein rotes Tuch mit Blumen drauf, und der im Herbst hat eine grüne Bommelmütze und die Frau aus der Schießbude hat gar nichts auf dem Kopf, bloß große goldene Ohrringe. Alle kennen den Opi und freuen sich, wenn er kommt und sich mit ihnen unterhält. Und ich freu mich, wenn mich der Opi mitnimmt.

Da sind alle Kinder mit ihren Müttern schon zu Hause, nicht mal die Musik ist mehr an oder bloß noch ganz leise. Überall ist's dunkel, bloß an der Schießbude ist noch Licht. Die Frau aus der Schießbude lehnt sich aufs Pult und lacht mit ihrem roten Mund, und der Herr vom Karussell lehnt sich auch aufs Pult, aber von draußen, damit er den Überblick hat. Und ich und der Opi, wir kommen da hin. Der Opi lacht schon von weitem, dann klettert er die Stufen hoch, sie sagen sich Guten Abend und fangen an, sich zu unterhalten.

Die Schausteller erzählen, wo sie dieses Jahr überall hingefahren sind und was sie wo gesehn haben, der Opi sagt ihnen, was es in Zákopy Neues gibt, wie's früher gewesen ist, als er noch Schuldirektor war, und was er von allen möglichen Sachen hält, zum Beispiel vom Fußball. Ich fahre umsonst im Dunkeln mit dem leeren Karussell und träum so vor mich hin. Ich schnupper den Rauch vom Dorf und ab und zu guck ich, wie unser Fenster im Block leuchtet und ob die Omi schon nach uns guckt. Ich kann auch auf die Rosen schießen. Aber manchmal mach ich auch gar nix davon und hör einfach bloß zu, was sie reden.

Beim Erntedank jetzt ist auch die Frau Freimanová mit uns zur Schießbude gegangen, weil sie sich richtig mit dem Opi angefreundet hat. Sie haben sich über den Krieg unterhalten, über den zweiten, mit dem die uns in der Schule pausenlos auf den Senkel gehn. Da bin ich lieber mit dem Karussell gefahren. Ich hab von oben auf sie runtergeguckt und hab dran gedacht, dass ich ganz gut finden würde, wenn die Frau Freimanová meine Oma wär. Aber nicht anstatt der Omi Míla, das auch wieder nicht, obwohl sie so ist, wie sie ist. Zum Beispiel anstatt der Oma, die ich nicht kenne, weil die Deutschen sie umgebracht haben. Die Frau Freimanová hat selber mal gesagt, das hätte auch andersrum sein können, dass die Deutschen sie umgebracht hätten, und meine Oma wäre lebendig geblieben. Die beiden haben angeblich eine Menge gemeinsam gehabt. Da muss ich noch mal irgendwann danach fragen.

Aber die Frau Freimanová hat ihre eigene Tochter Anička, die ist schon groß. Sie ist so groß, dass sie schon eine Frau ist, und das heißt, dass die Frau Freimanová bestimmt bald auch ihre eigenen Enkel hat, da braucht sie nicht ausgerechnet mich. Ich brauch sie auch nicht, ich kann sie bloß gut leiden.

Als wir nach Hause gekommen sind, da hat der Opi sich eine Decke geholt und ist ins Kulturhaus schlafen gegangen, in die Bibliothek, damit die Frau Freimanová in seinem Zimmer schlafen kann. Der Pepa und die Kačenka haben ferngesehn, und die Omi hat sich über uns geärgert, weil wir so spät kommen. Aber bloß so ganz leise, weil sie sich nicht blamieren wollte. Niemand Fremdes hätte das erkannt, aber ich schon. Sie sagt nix, sie zittert bloß am ganzen Körper. Ich hab das Gefühl gehabt, dass sie auf die Frau Freimanová eifersüchtig ist, und sie hat mir leidgetan. Bevor wir eingeschlafen sind, hab ich ihr erzählt, was für dicke Finger die Frau Freimanová hat und schwarze Härchen da dran, und unter der Nase auch. Die Omi hat sich gewundert, dass ihr das gar nicht aufgefallen ist, und sie ist auch gleich fröhlicher gewesen. Dann hat sie mir als Gute-Nacht-Geschichte das Märchen vom guten Schuster und vom bösen Bauern Bureš erzählt, der zum Schluss arm geworden ist, und in dem Märchen gab's haufenweise schlimme Wörter und die Teufel sind nur so rumgeflitzt. Das hat mir total gut gefallen. Das Märchen steht in keinem Buch, das kann bloß die Omi, und jedes Mal ist es ein bisschen anders, je nachdem, was die Omi für Laune hat.

Am Montag früh haben wir dann wieder meine Freundin aus der Teufelsmühle mitgenommen. Zwischen den Wäldern ist so ein Nebel gewesen, dass wir sie fast nicht bemerkt haben. Zum Glück hat sie die rote Mütze aufgehabt und den roten Ranzen. Wir haben sie ungefähr auf halbem Weg getroffen und zusammen mit ihr noch ein Mädchen, das wohnt auch mitten im Wald. Sie geht ansonsten nicht zu Fuß, weil sie ihr Vater immer auf dem Motorrad mitnimmt, wenn er auf Arbeit fährt. Aber jetzt ist er krank gewesen. Die Frau Freimanová ist sonntags mit dem Zug zurück nach Ničín gefahren, da haben die beiden prima bei uns ins Auto reingepasst. Ich war froh, dass wir sie nicht in dem Nebel dort lassen mussten.

Als wir früh in Zákopy losgefahren sind, da hat uns der Opi wie jedes Mal noch bis vor die Tür gebracht und er hat wie jedes Mal geweint. Ich weiß auch nicht, warum er das macht, wo er doch weiß, dass wir in einer Woche wiederkommen. Den Opi bringt alles mögliche zum Weinen und ich ärger mich immer; wenn ich nämlich seh, wie bei ihm die Tränen fließen, dann fließen sie bei mir auch gleich. Ich hab noch nie einen erwachsenen Mann weinen gesehn, bloß den Opi. Ich weiß eigentlich gar nicht, ob einem das peinlich sein muss. Mir wäre das peinlich und ich hätte Angst, dass mich jemand auslacht. Wenn mir mal was passiert, dann versuch ich lieber so zu tun, wie wenn nix wär, und stark zu sein wie der tapfere Bella Tschau und wie mir der Pepa das gesagt hat.

Der Pepa, der heult nie. Na ja, einmal hat er geheult, aber da bin ich noch klein gewesen und der Pepa ist bei uns noch ganz neu gewesen. Da ist ein Telegramm gekommen und da stand drin, dass dem Pepa seine Oma gestorben ist. Das heißt, das ist meine Uroma gewesen, aber ich hab sie nicht gekannt. Der Pepa hat das gelesen, und dann hat er sich im Klo eingeschlossen und geheult. Als er rausgekommen ist, hat er ganz rote Augen gehabt, aber danach hat er nie wieder geheult.

Als wir aus Zákopy rausgefahren sind, hab ich gesehen, dass im Garten von der Frau Veverková alle Blätter von den Nussbäumen gefallen sind. Am Tag vorher sind sie noch dran gewesen, das weiß ich ganz genau, weil ich mit der Kačenka bei der Frau Veverková Nüsse geholt hab, damit wir sie der Frau Freimanová mit zur Erntedankgabe dazupacken können.

Auch in Ničín liegt das Laub schon auf den Fußwegen um die Wohnblocks rum und es ist rutschig, weil's pausenlos regnet. Wenn's regnet, dann ist Ničín so hässlich, dass man's kaum aushalten kann. Ganz schlimm ist das im November, dann gibt's in Ničín überhaupt keine Farben mehr, bloß braun und grau, und das sind bei mir keine Farben. Nur in der Konditorei am Marktplatz haben sie im Schaufenster rosane und gelbe Torten. Vor kurzem musste ich für

die Kačenka sonntags dort Wein holen, weil wir überraschend Besuch gekriegt haben. Zur Belohnung durfte ich
mir ein Stück Torte kaufen.

Das ist klasse gewesen, aber ansonsten hab ich mich nicht
besonders gefreut. Der Herr Dusil und die Lída Ptáčková
sind nämlich mal wieder gekommen, um mit der Kačenka
über die Kündigung zu reden. Sie regen sich da immer so
auf und die Kačenka am meisten. Dabei raucht sie eine Zigarette nach der anderen. In der Schule haben sie uns gesagt,
dass man nicht rauchen soll, weil das ungesund ist, und man
kann davon auch sterben. Als ich der Kačenka das erzählt
habe, hat sie nur gesagt, ich soll nicht so neunmalklug sein,
und ich müsste doch inzwischen wissen, dass sie uns in der
Schule allen möglichen Blödsinn erzählen. Das stimmt zwar,
aber ich find das trotzdem doof und ich hab Angst um die
Kačenka.

Auf dem Heimweg von der Konditorei hab ich die
Schwalbennester an unseren Blocks gezählt. Unter jedem
Balkon klebt eins oder zwei. Ich hab mit dem Opi František schon oft beobachtet, wie die Schwalben ihre Kinder
mit Fliegen füttern und wie sie ihnen Fliegen beibringen
und wie sie dann anfangen, sich alle auf die Stromleitungen
zu setzen. Das heißt dann, dass die Ferien zu Ende sind. Jetzt
sind die ganzen Schwalben in Afrika und die Nester sind
leer. Nur die Spatzen sind in Ničín geblieben, aber die wohnen bloß so im Gebüsch.

Beim Rumgucken ist mir aufgefallen, dass fast von jedem
Balkon oder an den Fenstern Fasanen und Hasen hängen.
Da hab ich mich gefreut, weil jetzt bald Weihnachten ist.

Die Kačenka hat sich über mich aufgeregt, wo ich so lang
gewesen bin, sie hat sich angeblich schon Sorgen gemacht.
Aber inzwischen ist der Pepa aus der Sauna wiedergekommen, er hat mich in mein Zimmer geschickt, und zur Ka-

čenka hat er gesagt, sie soll mich nicht immer losschicken, um was zum Trinken zu holen. Da hat er den Wein gemeint, das hab ich genau gehört. Und ich hab auch noch was von einem Rechtsanwalt gehört, den sich die Kačenka und die Lída Ptáčková und der Herr Dusil gesucht haben. Das ist irgendein Mann, der das mit dem Theater für sie erledigt.

In der Nacht musste ich mal aufs Klo. Es sind immer noch alle da gewesen, und ich hab die Kačenka gesehen, wie sie in den Flur getorkelt ist. Sie hat sich an den Stühlen und an den Garderobenhaken festgehalten und ist dann auf den Fußboden gefallen. Sie hat was zu mir gesagt, aber ich hab sie überhaupt nicht verstanden. Ich bin furchtbar erschrocken und hab gedacht, dass sie jetzt wahrscheinlich von den Zigaretten stirbt, und ich hab losgeheult. Der Pepa hat gesagt, dass der Mami nur schlecht ist und dass morgen alles wieder in Ordnung ist. Ich soll ruhig wieder ins Bett gehen. Das hab ich gemacht, aber ich hab geheult und geheult, bis ich eingeschlafen bin.

Und dann hab ich wieder von den Wölfen im Hof geträumt. Ich war ganz allein im Sandkasten, und sie sind wieder von allen Seiten auf mich zugerannt gekommen. Und weil mich niemand rechtzeitig geweckt hat, haben sie mich aufgefressen.

Am Morgen bin ich zu Mami ins Bett gekrochen. Sie war zum Glück nicht gestorben, aber sie hatte keine Lust zum Aufstehn und sie hat ganz komisch gestunken. Dann musste ich in die Schule. Das hat mir auch gar nichts ausgemacht, ich hab nämlich zehn Kronen gekriegt, damit ich mir nach dem Unterricht einen Lampion kaufen kann. Abends ist nämlich ein Lampionumzug, und das ist was ganz Schönes, auf das ich mich schon lange gefreut hab.

16

Wie ich keinen Blinddarm gekriegt hab

Der Lampionumzug war prima. Ich hatte mir einen ganz tollen rosanen Lampion mit blauen Blümchen drauf gekauft, aber der ist mir schon nachmittags abgebrannt, als ich ihn ausprobieren wollte. Ich musste einen neuen besorgen, der nicht mehr so schön war, es gab nur noch gelbe und grüne. Aber Hauptsache, der Pepa und die Kačenka haben mich überhaupt gehen lassen. Beinah hätte es nicht geklappt, sie wollten nämlich nicht, dass ich alleine geh, aber selber wollten sie auch nicht mit. Der Umzug wird wegen der Großen Sozialistischen Oktoberrevolution gemacht, und die feiern die beiden nicht. Zum Schluss hat die Kačenka den Pepa dann doch dazu überredet, weiter entfernt mitzulaufen, dort, wo's ganz dunkel ist, so dass er mich wieder abholen kann, wenn's vorbei ist.

Wir sind vom Wladimir-Iljitsch-Lenin-Denkmal zum Klement-Gottwald-Denkmal gelaufen, quer durch die ganze Stadt. Ich hab mich andauernd nach dem Pepa umgedreht, hab ihn aber nirgends gesehn. Kaum war der Umzug zu Ende, da ist er auf einmal von irgendwoher aufgetaucht, wie bei 'ner Schnitzeljagd.

Am nächsten Tag ist der Unterricht ausgefallen. Stattdessen sind wir ins Kino, in einen sowjetischen Film, von dem ich nicht mal weiß, wie er hieß, weil mir gleich am Anfang mein Taschentuch runtergefallen ist. Ich bin auf dem Fußboden rumgekrochen, um es in der Dunkelheit wiederzufinden, und ich weiß bloß, dass das erste Wort »Lodernde« war. Als ich wieder aufgetaucht bin, konnte ich's nicht mehr rauskriegen, weil der Film angefangen hat zu schmoren und dann gebrannt hat. Da musste ihn der Filmvorführer anhalten und das Licht ging an.

Sie haben uns dann einen anderen Film gezeigt, einen tschechischen. Der hieß ›Anna, die Proletarierin‹, den kannte ich schon aus dem Fernsehn. Wir gucken zu Hause oft so Filme, von denen die Omi Zákopy immer sagt: »für Nostalgiker«. Aber meistens sind die viel schöner als ausgerechnet der da.

Ich weiß nicht mal, was das ist, eine Proletarierin. Aber wahrscheinlich nix Schönes, die Kačenka sagt zu uns nämlich immer »Proleten«, wenn sie sauer auf uns ist. Zum Beispiel, wenn wir direkt aus der Flasche trinken oder wenn wir uns angezogen aufs aufgeschlagene Bett setzen.

Danach hatten wir in der Schule bloß noch Zeichnen. Wir mussten was malen, was in dem Film vorgekommen ist. Da hab ich den Hradschin gemalt.

Der Speisesaal war festlich geschmückt mit Fähnchen und mit einem Kopf vom Wladimir Iljitsch Lenin, und das Mittagessen war auch festlich, Hühnchen mit Kartoffeln. Das Hühnchen ist zwar nicht so gut gewesen wie das von der Omi Zákopy, weil es keine braune und knusprige Haut hatte, es ist mehr so weiß gewesen und irgendwie glitschig. Aber trotzdem war es besser als sonst. Bei uns kochen sie nämlich meistens ganz schön komisches Zeug, Kuttelflecke, Risotto und dann solche Sehnen, oder wie das heißt, solche weißen, durchsichtigen, harten Stückchen, die zwischen dem Fleisch sind, und dazu gibt's Makkaroni, kalte Kartoffeln, kalte Knödel und braune Stinkesoße.

Deswegen ist im Speisesaal immer ein schrecklicher Gestank. Auch wenn's manchmal gerade was Festliches gibt, wie das Hühnchen, oder zur Befreiung unserer Heimat durch die Sowjetarmee, da gab's Puddingsuppe mit Buchteln. Eigentlich stinkt's in der ganzen Schule und im Sommer bis nach draußen. Nicht wie auf dem Klo oder so, sondern eben nach den ganzen Gerichten da, die keiner gerne isst. Auch die Lehrerinnen nicht, die aufpassen, dass wir essen.

Wenn's Grützwurst gibt, dann haben drei Aufsicht. Deswegen ist es schrecklich schwer, mit den Resten zur Tellerrückgabe zu kommen. Wenn das klappt, dann ist's gut. Dort ist nämlich nur der Bauch oder die Brust von der Küchenfrau zu sehen, je nachdem, welche da ist, und ihre Hände mit dem Plasteschaber. Und manchmal guckt auch ein Kopf raus und schreit. Meistens kippen wir die Reste alle auf einen Teller. Einer geht und fragt die Aufsicht extra irgendwas, und der Schnellste nimmt dann den Teller und rennt los. Bloß, wenn die Mädchen nicht mit mir reden, und das ist ganz schön oft, dann muss ich das alleine machen.

Letzte Woche bin ich mit Sehne mit Dillsoße losgerannt, und ich bin auch schon fast an der Rückgabe gewesen, aber auf einmal hat mich die Pionierleiterin angefahren, die hinter einer Säule gelauert hat. Ich hab einen Schreck gekriegt und bin hingeknallt und hab den Teller kaputt gemacht und die Soße verschüttet und die Pionierleiterin vollgekleckert und einen Eintrag gekriegt.

Zu dem feierlichen Hühnchen gab's auch Nachtisch: eine halbe Apfelsine mit Schlagsahne. Das sah total hübsch aus, aber wir haben nicht gewusst, wie wir das essen sollen. Schälen ging nicht, da wär die Schlagsahne runtergefallen, und als die Krátká versucht hat, von oben was rauszupulen, damit sie Schlagsahne und Apfelsine gleichzeitig in den Mund kriegt, da ist ihr der Saft ins Auge gespritzt. Die Krátká hat geheult, und ich und die Zdena, wir haben lieber bloß die Schlagsahne gegessen, weil die Apfelsinen sowieso ganz sauer waren. Die Jungs haben gleich angefangen, sich mit den Apfelsinen zu beschmeißen. Mitgekriegt hat das sowieso keiner, das Hühnchen hat nämlich auch den Lehrerinnen geschmeckt, so dass sie gar nicht aufgepasst haben.

Als ich aus dem Speisesaal gekommen bin, stand die Frau Koláčková auf dem Gang und mit ihr noch zwei andere Lehrerinnen. Sie haben aufgehört, sich zu unterhalten, und haben mich zu sich gerufen. Ich hab einen furchtbaren Schreck gekriegt, dass sie das mit den Apfelsinen gemerkt haben. Aber die Frau Koláčková hat gelächelt.

»Helenka, da spielt also deine Mutti nicht mehr am Theater?«, hat sie gefragt.

»Doch«, hab ich gesagt.

»Aha«, hat die Frau Koláčková gesagt, »ich dachte, sie spielt nicht mehr.«

Ich hab überlegt, ob ich gelogen hab. Aber die Kačenka geht doch noch einmal oder zweimal im Monat diese Frau spielen, die von rechts nach links mit der Trommel über die Bühne läuft. Und überhaupt, was geht das denn die Frau Koláčková an, was die Kačenka macht? Ob vielleicht die Frau Koláčková auch eine Kommunistin oder eine Proletarierin ist? Wahrscheinlich, wenn sie so dumm ist.

Ich denk oft da drüber nach, ob der Bella Tschau auch ein Kommunist gewesen ist. Kann sein, wo sie doch dauernd das Lied von ihm singen. Das wär schade, ansonsten ist er mir schrecklich sympathisch. Vor dem Lampionumzug hat die fünfte Klasse das Lied von ihm gesungen. Das singen die bei jeder Feier, zur Großen Sozialistischen Oktoberrevolution, zum Tag der Befreiung, zum Siegreichen Februar und zum Kindertag. Ich weiß immer noch nicht, wer der Bella Tschau eigentlich gewesen ist, in der Schule haben wir ihn nicht drangenommen. Vielleicht ist er ein mutiger Indianer gewesen, wie der Winnetou. »Eines Morgens, in aller Frühe, trafen wir auf unsern Feind.« Wenn das nicht indianerisch ist!

Aber wahrscheinlich ist er mehr so jemand wie der Julius Fučík gewesen oder die Maruška Kudeříková, aber das ist ja egal. Ein Held war er bestimmt. Wenn ich irgendwelche Probleme hab, dann denk ich jedenfalls an ihn und sag zu mir, dass ich tapfer sein muss wie der tapfere Bella Tschau.

Zum Ballett kommt jetzt ein neuer Junge, der fast genauso einen komischen Namen hat wie der Bella Tschau, bloß nicht so einen hübschen. Er heißt Norodom, Norodom Sihanuk und noch ungefähr fünf andere Wörter. Er hat Schlitzaugen, deswegen sagen sie zu ihm alle »Chinese«, aber er ist gar kein Chinese. Ich weiß auch nicht, wie das geht, aber das soll angeblich ein echter Prinz sein. Er hat tolle blaue Ballettschuhe an und blaue, mit gold bestickte Strümpfe, solche hab ich in Ničín noch nie gesehn. Beim ›Aschenputtel‹, wir studieren gerade ›Aschenputtel‹ ein, beim ›Aschenputtel‹ tanzt er den Prinz.

Ich und die Liduška, das ist ein Mädchen, das Kinderlähmung gehabt hat, wir tanzen beim ›Aschenputtel‹ die Trompeter. Ich find das ein bisschen doof, ich will auch mal ein schönes Mädchen spielen, am liebsten eine Prinzessin, aber ich weiß, das geht nicht. Ich hab den Herrn Pecka gefragt, ob er mir nicht einen Tipp geben kann, was ich machen soll, damit ich endlich abnehme. Der Herr Pecka hat mal wieder bloß gefeixt. Aber der Herr Ingenieur Raroch ist auch dagewesen, und der hat mir gesagt, dass es zum Abnehmen total gut ist, wenn man eine Blinddarmentzündung kriegt. Er hat das von seiner hübschen, jungen Frau erfahren, die ist, als sie noch jünger war, gar nicht besonders hübsch gewesen, die war nämlich auch dick. Aber dann hat ihr mal der Blinddarm wehgetan und sie musste operiert werden. Im Krankenhaus durfte sie nur durchgedrehtes Fleisch essen, da hat sie lieber gar nichts gegessen und hat ganz viel abgenommen. Bloß, wie ich das machen soll, damit ich einen Blinddarm krieg, das hat der Herr Raroch auch nicht gewusst.

Beim Bildhauern ist schon wieder wegen dem Herrn Raroch gefeiert worden. Nachmittags haben sie ihn nämlich aus dem Krankenhaus angerufen, dass seine Frau einen Jungen gekriegt hat. Der heißt Karel, so wie der Herr Raroch, aber angucken durfte er ihn noch nicht, da hat er wenigstens eine Feier gemacht. Er ist aber dann zeitig nach Hause, und weil er dauernd gestolpert ist, musste ihn das Fräulein Monika begleiten.

»Mein Karel!«, hat der Herr Raroch geschrien. »Das wird ein anderes Kaliber als ich! Der scheißt auf dich! Und ich geh sowieso noch zu den Bolschewiken, damit's der Karel mal gut hat!«

Am nächsten Tag hat sich der Herr Raroch abends zu Hause aufgehängt. Als sie ihn nachmittags in der Klinik endlich zu seiner Frau und dem Jungen gelassen haben, da hat der Herr Raroch gesehn, dass der Karel schwarz ist, oder jedenfalls fast schwarz.

Beim Bildhauern haben sie dann gesagt, dass sich die Frau Rarochová den Jungen vom internationalen Jugendfestival aus Berlin mitgebracht hat, aber das ist ein schöner Blödsinn. Das Jugendfestival ist schon vor einem Dreivierteljahr gewesen, dabei weiß doch jeder, dass der Karel vor einer Woche in Ničín auf die Welt gekommen ist.

Jedenfalls tut mir der Herr Raroch leid und sein Karel auch, weil er keinen Vater mehr hat und weil alle über ihn lachen. Wenn ich so da drüber nachdenk, dann kann ich noch froh sein, dass ich bloß dick bin. Ich könnte ja genauso gut schwarz sein, und da dran wär ja nun überhaupt nix zu ändern.

Und der Herr Dusil, der ist auch gestorben. Er hat mit der

Kačenka und mit der Lída Ptáčková die Verhandlung mit dem Theater gehabt, ob sie weiter da spielen dürfen oder ob sie gehn müssen, und sie haben verloren. Als es vorbei war, da ist der Richter zu ihnen auf den Gang gekommen und hat sich bei ihnen entschuldigt, dass er da nix machen konnte, dass man ihm schon vorher gesagt hat, wie es ausgehn muss. Dem Herrn Dusil ist schlecht geworden und sie haben ihn ins Krankenhaus gebracht, und nachts ist er gestorben. Am Herz, wie letztes Jahr die Olinka Hlubinová. Aber der Herr Dusil ist schon alt gewesen, mindestens fünfzig.

Die Kačenka wollte, dass ich mit ihr und mit dem Pepa zur Beerdigung vom Herrn Dusil geh. Ich hab gesagt, dass ich nicht will. Ich hab furchtbar Angst vor Beerdigungen. Aber die Kačenka hat gesagt, dass ich groß genug bin und dass mich der Herr Dusil sehr lieb gehabt hat, und wenn ich von ihm Bonbons nehmen konnte, dann kann ich auch auf seine Beerdigung gehn. Angeblich nimmt bloß jeder andauernd, aber zurückgeben tut keiner was. Man konnte überhaupt nicht vernünftig mit ihr reden. Der Pepa hat versucht, sich für mich einzusetzen, aber als er gesehn hat, wie die Kačenka guckt, da ist er lieber in die Sauna gegangen.

Jeden Abend bis zu der Beerdigung hab ich gebetet, dass mir was passiert, damit ich da nicht hinmuss. Aber mir ist nichts passiert, ich hab nur von Gespenstern geträumt und von der Olinka und von meiner Zunge, wie sie im Mund wächst und wächst, bis sie alles ausfüllt.

Dann haben sie mir schwarze Sachen angezogen, haben mir neue Schuhe gegeben, die Kačenka hat mir einen Dutt gemacht und wir sind ins Krematorium gefahren.

Dort hat's ausgesehn wie in einem düsteren Kino mit bösen Plastiken. Außer der Kačenka, dem Pepa, der Lída Ptáčková und dem Regisseur Herrn Michálek ist fast niemand aus dem Theater dagewesen. Bloß eine Souffleuse und zwei Bühnenarbeiter. Und ansonsten auch nicht viele, der Herr Dusil ist nämlich nicht verheiratet gewesen und hat keine Kinder gehabt. Nur zwei alte Männer und ein junger Mann waren noch da, aber der hat mit keinem geredet und hat die ganze Zeit nur hinten an der Tür gestanden.

Wir mussten uns hinsetzen und es kam furchtbare Musik und ich hab gleich die Augen zugemacht, damit ich nix sehe, aber ich hab trotzdem den Sarg gesehn mit den Kränzen und ich hab gehört, wie alle weinen. Vor allem die Kačenka. Dann hat sie aber aufgehört zu weinen und ist ein Gedicht aufsagen gegangen, das hat angefangen mit: »Mein Bruder hat zu End' gepflügt, die Pferde ausgespannt ...« Ich hab mir mit zwei Fingern auf die Augen gedrückt und mit zweien auf die Ohren und dann war's vorbei.

Wir sind rausgegangen und da ist gerade der Opi František beim Krematorium angekommen. Er wollte auch zum Herrn Dusil auf die Beerdigung, aber der Zug ist ihm weggefahren. Ich bin zu ihm hingerannt, und auf einmal hat meine Zunge wieder angefangen im Mund zu wachsen, und mehr weiß ich nicht. Ich soll »in Ohnmacht« gefallen sein.

Die Kačenka hat mich am nächsten Tag zum Arzt gebracht und dann musste ich ins Ničíner Krankenhaus. Dort haben sie mich in ein Zimmer gesteckt, in dem sonst keiner gewesen ist, und eine Schwester ist gekommen und hat mir dreimal beide Arme durchgestochen, weil sie mir Blut abnehmen wollte, aber sie hat's nicht geschafft. Da hat sie eine Ärztin geholt und sie haben's noch mal probiert, ich weiß nicht, wie oft. Ich wollte tapfer sein wie der Bella Tschau und hab nicht geheult, aber dann hab ich's doch nicht mehr ausgehalten und gesagt, dass das wehtut.

Die Frau Doktor hat mich ganz böse angeguckt und gesagt: »Das ist gut so, wenigstens überlegst du dir dann beim nächsten Mal, ob du dich wieder mit Buchteln und Knödeln vollstopfst, wenn du schon so dick bist wie eine Tonne. Kind, du bist so fett, dass man bei dir überhaupt keine Vene sieht.«

Dann haben sie mich in einen großen Raum gebracht und auf einen Tisch gelegt und meine Arme da dran festgebunden. Ich hab gefragt, was sie machen, und die Frau Doktor hat zu mir gesagt, dass man mit so einem Dickwanst wie mir gar nichts machen kann, außer das Blut aus dem Kopf abnehmen. Und ich hab schon gedacht, dass sie mir den Kopf aufbrechen müssen.

Wahrscheinlich hat mir das nicht wehgetan, weil ich mich nicht da dran erinnern kann. Aber ich weiß noch, dass ich dann die ganze Nacht auf dem Bett in dem Zimmer da gelegen hab, ganz alleine, und ich hatte schreckliche Angst, weil ich nicht wusste, ob das schon alles gewesen ist oder ob noch was Schlimmeres kommt. Außerdem musste ich dringend aufs Klo, und ich hab mich nicht getraut, jemand zu rufen.

Zum Schluss ist mir dann eingefallen, wie der Pepíček bei der Omi in Zákopy mal in den Wasserbehälter gepullert hat, der an der Zentralheizung hängt. So wollt ich das auch machen, weil's da keinen Nachttopf gab und weil sie mir verboten hatten rauszugehn. Aber bei mir hat's nicht so gut funktioniert wie beim Pepíček und ich hatte Angst davor, dass es jemand entdeckt. Gott sei Dank hat's keiner gemerkt. Früh ist dann die Kačenka gekommen und ich durfte nach Hause. Angeblich fehlt mir gar nichts.

Das hab ich ja von Anfang an gewusst, dass mir nix fehlt, aber mich hat keiner gefragt und keiner wollte, dass ich da reinrede. Auch die Kačenka nicht. Trotzdem hätte ich schrecklich gern einen Blinddarm gehabt.

17

Wie sich die Frau Nujorková den Arm
ausgekugelt hat

Als ich aus der Schule gekommen bin, da hat die Kačenka in der Küche gesessen und ein Buch gelesen, auf dem stand ›Arbeitsgesetzbuch‹, und sie hat ganz sauer geguckt. Da hab ich gesagt: »Kačenka, ich erzähl dir einen Witz.« Und ich hab ihr den erzählt, den der Eliáš beim Sport erzählt hat.

»He, Jude, hier riecht's so komisch. Du musst mal wieder baden!«

»Ich geh doch jeden Tag in die Wanne!«

»Du musst aber auch das Wasser wechseln!«

»He, Jude, geh dir die Hände waschen«, hat die Kačenka gesagt, und sie hat kein bisschen gelacht. Als ich wiederkam, da hat sie gemeint, dass der Witz, den ich erzählt hab, ein blöder Witz ist.

»Warum soll der denn blöd sein?«

»Darum«, hat die Kačenka gesagt, »das ist überhaupt nicht lustig.«

»Warum soll das denn nicht lustig sein? In der Schule haben alle gelacht.«

»Alle! Alle! Ständig immer alle!«, hat die Kačenka geschrien. »Die sollen mich doch alle am Arsch lecken!«

Da bin ich lieber in mein Zimmer gegangen. Die Kačenka bringt halt jetzt schwer was zum Lachen.

Ich hab die AAP-Schachtel aus dem Schrank geholt und dann auch noch die AS-Schachtel. Damit ich bessere Laune krieg, hab ich die ganzen Sachen auf dem Fußboden ausgekippt. Ich hab die astronomische Uhr hin- und hergedreht und ich hab mir den Fisch um den Hals gehängt, den mir die Tante Marta Krausová geschenkt hat. Ich hab dran gedacht, wie ich mir mit der Tante Marta die Prager Burg angeguckt hab und wie sie sich jetzt mit dem Opa Blumenthal die Kühe anguckt, und ich hab fast losgeheult.

Hinten drauf auf dem Fisch steht nicht nur *Israel*, sondern da sind auch noch solche Krakel, genau dieselben wie auf der Frau Nujorková, auf der blöden Puppe, die mir mal der Freistein geschickt hat. Fast hätte ich die Puppe schon gar nicht mehr. Als vorige Woche die Omi Zákopy auf uns aufgepasst hat, da hat sie ihre Brille gesucht und ihre Handtasche auf dem Tisch ausgekippt. Dabei ist ein Brief rausgefallen, bei dem ich gleich erkannt hab, dass der vom Freistein ist, da sind nämlich so schöne bunte Briefmarken drauf gewesen. Als die Omi mit dem Pepíček ins Bad gegangen ist, hab ich den Brief gelesen, weil doch die Omi nicht bei Verstand ist und man auf sie aufpassen muss.

Danach hab ich mich so geärgert, dass ich nicht einschlafen konnte, bis der Pepa und die Kačenka von dem Gastspiel zurückgekommen sind. Und ich konnte mich auch nicht entscheiden, ob ich der Kačenka was von dem Brief sagen soll. Die Buchstaben vom Freistein haben mir schrecklich zu schaffen gemacht, und alles hab ich auch nicht genau verstanden, was er geschrieben hat:

Teure Frau Součková,
Sie können sich gar nicht vorstellen, wie dankbar ich für jedes Ihrer Worte bin. Ich erhalte leider über Helenka keine anderen Nachrichten als die Ihrigen. Allerdings kann ich nicht leugnen, dass diese mich erheblich beunruhigen. Wie kann es denn angehen, dass sich solch ein kleines, niedliches und kluges Mädchen so quält? Wie kann es denn angehen, dass sie sich SOLCH EINEM *Kind so wenig wid-*

men? Ich vermag das nicht zu verstehen. ICH würde ihr jede Sekunde meines unglücklichen Lebens weihen. Ich würde Veilchen und Rosen auf all ihre Wege streuen.

Tragisch ist, dass ich überhaupt nichts tun kann. Wie mich das schmerzt! Und Sie schreiben, dass sie nicht nur traurig ist, sondern auch fortwährend krank ... Bitte, tun Sie etwas! Sie können es – ich nicht.

Wenn Sie eventuell eine Sozialarbeiterin anrufen würden, so etwas gibt es schließlich auch bei Ihnen, dann könnte man Ihnen das Kind zur Pflege anvertrauen oder etwas in diesem Sinne. Ich weiß, dass Sie und Ihr Mann großartige Menschen sind, ich habe das immer gewusst!

Es ist traurig, aber wenn Kačenka mit ihren fünfunddreißig Jahren noch immer nicht erwachsen und verantwortungsvoll genug ist, dann kann man nichts anderes tun. Ich verlasse mich auf Sie, auf Ihre unglaubliche Liebe, auf Ihren gesunden Menschenverstand und bin Ihnen unendlich dankbar.

Ihr – leider Gottes – so unvollkommener und in diesem Moment machtloser

Karel

Ich hab der Omi bloß den leeren Umschlag liegen gelassen, den Brief hab ich genommen und zu den Anderen Sachen getan. Ich hab so einen Schiss gekriegt, dass ich das ganze Bett zerwühlt hab, und trotzdem konnte ich nicht einschlafen. Die Federn in der Bettdecke haben sich ganz in die eine Hälfte verschoben und in der anderen ist nur der Bezug übrig geblieben.

Als ich nachts dann endlich die Tür gehört hab und die Kačenka gucken gekommen ist, wie wir schlafen, da hab ich sie gleich gefragt, was eine Sozialarbeiterin ist. Aber sie hat gesagt, dass sie mir das andermal erklärt. Hauptsache, sie sind endlich zu Hause.

Dann bin ich eingeschlafen, aber ich hab geträumt, dass eine fremde Frau mit zwei Polizisten mich abholen gekommen ist. Die Kačenka hat geweint, aber der Pepa hat zu ihnen gesagt: »Sie bleibt hier, sag ich!« Da sind sie weggegangen. Früh musste ich dann in die Schule. Gerade als wir Sport hatten, wollten sie mich schon wieder abholen. Unserer Lehrerin Frau Koláčková haben sie gesagt, dass ich meinen Mantel immer falsch zuknöpfe, dass ich im Speisesaal nicht aufesse, dass ich alle möglichen Nachnamen hab, dass ich die Zdena gebissen hab und auch die Lenka Krátká, und Blut abnehmen kann man bei mir bloß aus dem Kopf.

Die Frau Koláčková hat den Kopf geschüttelt und gesagt: »Also ich weiß ja nicht, meine Herrschaften.« Dann hat sie sich's aber anders überlegt und gesagt: »Helenka, mach mal einen Aufschwung am Barren!« Wie immer konnte ich's nicht und die Frau Koláčková hat gesagt: »Helenka, mach dir nichts daraus, hier hast du ein Eis am Stiel.« Und dann haben sie mich auch schon gepackt. Ich weiß nicht, wie das ausgegangen ist, der Pepa hat mich aufgeweckt und es ist früh gewesen.

Noch bevor ich mich gewaschen hab und gefrühstückt, hab ich die Frau Nujorková an den Haaren gepackt und aus dem Fenster geschmissen. Meinetwegen soll sie sich doch so eine Sozialarbeiterin mitnehmen. Oder soll sie ruhig umkommen, mir ist das egal.

Als ich in die Schule wollte, da hab ich die Frau Nujorková vor dem Haus liegen gesehn. Sie war gar nicht in lauter Stücke zerbrochen, wie ich gedacht hab. Sie hatte nur einen ausgekugelten Arm und sie war ganz nass und dreckig, weil sie genau in die Rabatten gefallen ist. Sie hat ihre bescheuerten Schlafaugen offen gehabt und ganz nackig da rumgelegen, weil ich ihr die ganzen Sachen ausgezogen hatte, bevor ich sie rausgeschmissen hab. Die wollte ich den anderen Puppen geben. Es hat geregnet und es ist kalt gewesen und sie hat mir leidgetan, obwohl ich sie nicht ausstehen kann. Da hab ich sie eingesteckt und mich dabei ganz vollgeschmiert, und alle haben mich ausgelacht, dass ich Spielzeug mit in die Schule nehme wie irgend so ein Erstklöpsler.

Seit der Zeit kann die Frau Nujorková nicht mehr sprechen, aber das macht nix, sie konnte sowieso nur irgendwas sagen, das klang wie: »Al bachala chantala«, und das hat eh keiner verstanden. Und die Schlafaugen kann sie nicht mehr zumachen, die sind jetzt immer offen, auch wenn sie schläft.

Das ist noch passiert, bevor die Kačenka nach Prag ist. Für drei Tage ist sie da hingefahren, wieder zu so einer Verhandlung mit dem Theater. Den Pepíček haben wir zur Omi nach Zákopy gebracht und ich und der Pepa, wir sind alleine geblieben.

Bevor die Kačenka weg ist, hab ich ihr den Brief vom Freistein gezeigt. Ich hab lange überlegt, ob ich soll oder nicht, ich hatte Angst, was sie dazu sagt, aber noch mehr Angst hatte ich vor der Sozialarbeiterin. Als ich und der Pepa sie zum Zug gebracht haben, hab ich's dann auf dem Weg dahin gemacht. Die Kačenka hat mir den Brief so schnell weggenommen, dass sie ein Stück davon abgerissen hat. Nachdem sie ihn gelesen hat, hat sie sich eine Zigarette angezündet und gesagt, dass sie das mit der Omi klärt, wenn sie zurück ist. Ich muss keine Angst haben. Sie hat nicht mal geschrien, was noch viel schlimmer war, wie wenn sie geschrien hätte. Das hab ich gleich gemerkt.

Als die Kačenka weg war, bin ich mit dem Pepa nicht nach Hause gegangen, sondern wir sind ins Kino, in den Film ›Die glorreichen Sieben‹. Den fanden wir prima.

»Hier siehst du, dass man auch eine Übermacht unschädlich machen kann, aber man darf kein Hosenschisser sein«, hat der Pepa gesagt. Dann hat er mir erzählt, wenn wir in Prag wohnen würden, dann könnten wir auf dem Rückweg vom Kino auf dem Wenzelsplatz eine Bratwurst essen. So eine Bratwurst hat an jeder Seite vier kleine, verschmurgelte Beinchen, sie ist knusprig und riecht ganz toll und der Saft tropft aus ihr raus, aber das macht überhaupt nix, auch wenn man mit den Händen isst, weil man dazu einen Pappteller und eine Serviette kriegt. Und Senf auch, den isst der Pepa nämlich gerne.

Wir würden eine Bratwurst essen und zugucken, wie's dunkel wird und wie am Wenzelsplatz die Schaufenster und die bunten Leuchtschriften angehn, die heißen Neonreklamen. So was kenn ich natürlich, aber in Ničín gibt's nur eine: HOTEL URAN. Dann würden wir mit der Rolltreppe fahren, einfach so, runter und wieder hoch, und nach Hause würden wir mit der Straßenbahn fahren, Prag ist nämlich groß und man kann nicht überall zu Fuß hingehn und wer weiß, wo wir wohnen würden. Der Pepa hat immer in Vinohrady gewohnt, da könnten wir angeblich vom Wenzelsplatz aus gemütlich hinbummeln. Falls es nicht regnet.

Aber es hat geregnet, und wir sind in Ničín gewesen, da gibt's keine Straßenbahn und keine Rolltreppen und auch keine Bratwürste. Da sind wir eben direkt nach Hause gegangen und nass geworden, und der Pepa hat Tee mit Zitrone gemacht und Topinky mit Knoblauch. Dann haben wir Fußball geguckt. Na ja, der Pepa hat geguckt, ich find Fußball doof, und da hab ich eben einfach bloß mit ihm im Zimmer gesessen und gemalt.

Abends, als ich dann ins Bett bin, hab ich Sehnsucht gekriegt nach der Kačenka und nach dem Pepíček und ich bin auch traurig gewesen wegen dem Brief, der mir wieder eingefallen ist. Mir war's peinlich, dem Pepa das zu sagen, ich wollte nicht, dass er denkt, ich bin ein Hosenschisser. Aber

145

der Pepa ist von selber gekommen und hat mir von lustigen Filmen erzählt mit den Schauspielern Voskovec und Werich, die haben sie nie im Fernsehen »für Nostalgiker« gezeigt.

Der Voskovec und der Werich, die sind mal ganz arm gewesen, viel ärmer, als wie die Kačenka und der Pepa sagen, dass wir arm sind, die hatten nicht mal Topinky mit Knoblauch und auch kein Lungenhaschee. Sie haben riesigen Hunger gehabt, wie ich Hunger hab auf Torte, und sie hatten überhaupt kein Geld. Da sind sie in eine Gaststätte gegangen, nur um mal zu schnuppern, wie die ganzen leckeren Sachen so gut riechen. Dort haben sie dann einen Mann gesehn, der hat sich eine knusprige, duftende Gans mit an einen Tisch genommen, und auf die hätten sie gerade Appetit gehabt. Na ja, kann sein, dass das eigentlich gar keine Gaststätte war, weil die alle nur standen, in einer Gaststätte sitzt man schließlich, aber das ist ja egal. Sie haben sich dann also zu dem Mann hingestellt und haben extra laut angefangen zu reden: »Hast du schon von dieser Gänsepest gehört?«

»Nein, hab ich nicht.«

»Nun, mein Lieber, momentan wütet die Gänsepest, die Tiere krepieren, sie werden ganz billig verkauft, und trotzdem gibt es Leute, die essen sie in aller Seelenruhe.«

»Na, die Armen wissen halt nicht, was ihnen nach dem Verzehr so einer an der Pest krepierten Gans alles passieren kann. Dass sie zum Beispiel auch daran sterben können.«

Und der Mann, der die Gans essen wollte, der hat so einen Schreck gekriegt, dass er gegangen ist und die ganze Gans stehen gelassen hat. Der Voskovec und der Werich haben sie dann in aller Seelenruhe aufgegessen, weil das ja alles bloß ausgedacht war. Das gefällt mir noch besser als ›Die glorreichen Sieben‹. Das könnte ich mal in der Konditorei ausprobieren.

Schade, dass sie die Filme in keinem Kino spielen, der

Voskovec wohnt nämlich in Nujork, wie der Freistein. Aber der Werich soll in Prag leben. Alles, was ich gut finde, ist in Prag.

Am nächsten Tag, nach der Schule und dem Deutsch, hat mich der Pepa mit auf die Eisbahn genommen. Schlittschuh laufen kann ich, das hat er mir schon vorletztes Jahr beigebracht.

Es ist bald dunkel geworden, aber da haben Scheinwerfer wie im Theater aufs Eis geleuchtet und aus den Lautsprechern ist Musik gekommen, auch die Miluška Voborníková hat zweimal gesungen, und es sind ganz viele Leute dort gewesen. Aber das macht nichts, die fahren ja alle bloß in eine Richtung, immer auf derselben Bahn und immer im Kreis rum und keiner fährt andersrum, deswegen kann man nicht anstoßen, höchstens an den Banden. Bloß ein paar große Jungs, die sind gefährlich, die schlängeln sich nämlich absichtlich durch die Massen, aber es dauert nicht lange, dann schimpft sie jemand aus.

Danach sind wir noch im Theater vorbeigegangen, weil uns die Kačenka versprochen hat, dass sie anruft, wie's ausgegangen ist. Es ist schlecht ausgegangen. Die Kačenka ist wütend gewesen, sie hat schrecklich schnell geredet und man hat sie ganz schlecht verstanden. Ich kann das nicht leiden, wenn sie so redet, und der Pepa auch nicht. Er hat zu ihr gesagt, dass das zwar blöd ist, aber nicht überraschend, und sie hätte ja deswegen nicht gleich so tief ins Glas gucken brauchen. In was für ein Glas sie geguckt hat, hätte ich gern gewusst, aber das wollte er mir nicht sagen.

Wir sind nach Hause gegangen und der Pepa hat Tee mit Zitrone gemacht und Topinky ohne Knoblauch, der Knoblauch ist alle gewesen.

18

Wie die Boženka Veverková von den
Norwegerinnen aufgefressen worden ist

Am Freitag bin ich mit dem Pepa zum Pepíček und zur Kačenka nach Zákopy gefahren. Die Kačenka hat uns am Telefon gesagt, dass sie aus Prag direkt dort hinfährt. Der Pepa
hat mir unterwegs lustige Lieder vom Voskovec und Werich
vorgesungen und auch alle möglichen Tramp-Lieder. Aber
wir hatten nicht mehr so gute Laune wie vorher. Wir hatten
Angst, dass sich in Zákopy was zusammenbraut.

Gleich als der Pepa angehalten und der Fifík aufgehört hat
zu knattern, da haben wir gewusst, dass die Kačenka schon
da ist. Der Pepíček hat nämlich vor dem Block gespielt, er
ist gekommen und hat uns umarmt und bloß gesagt: »Die
Mami is danz doll sauer.« Dann ist er wieder zum Sandkasten gerannt. Die Omi hatte alle Fenster zu, aber das Geschrei
von der Kačenka war trotzdem zu hören: »Das ist doch wohl
eine bodenlose Frechheit! So eine Sauerei! Das hab ich
nicht verdient! Am besten, ich wär gar nicht erst auf die
Welt gekommen!« Und noch mehr so Zeugs.

Ich hab ja gedacht, die Kačenka erzählt von der Verhandlung, aber das hat nicht gestimmt, die Kačenka hat sich mit
der Omi über den Brief vom Freistein unterhalten. Aufgemacht hat uns der Opi und er hat gleich an der Tür geflüstert: »Herrjemine, Kinder, da seid ihr ja … Es sieht schlimm
aus, es sieht ganz schlimm aus.« Und er hat traurig den Kopf
geschüttelt.

Wir haben der Kačenka ein Küsschen gegeben und der

Pepa hat sie gefragt, ob sie nicht ein bisschen leiser schrein könnte, man hört draußen jedes Wort. Gleich ist sie auf ihn losgegangen, er soll sich nicht einmischen, und wenn er was taugen würde, dann hätte er das mit der Omi selber geklärt. Die Kačenka ist ganz aufgelöst gewesen, und weil sie geheult hat, sind ihr alle möglichen Farben übers Gesicht gelaufen. Dafür ist die Omi ganz rot gewesen, sie hat die Fingernägel in die Handflächen gekrallt und gezittert, wie jedes Mal, wenn sie sich so richtig ärgert.

Ich, der Pepa und der Opi, wir sind ins kleine Zimmer gegangen und haben die Tür zugemacht, aber das hat uns auch nix genützt, weil die Mami und die Omi durch die ganze Wohnung gerannt sind.

Die Omi hat geschrien, dass die Mami eine ungezogene Tochter ist und dass sie ihr niemals und bei nichts gehorcht hat, und das hat sie nun davon, und dass sie kein anderes Kind kennt, das zu seinen Eltern zum Dank für alles so böse ist, und dass der Herrgott sie schon noch strafen wird. Dass sie nie im Leben dem Freistein einen Brief geschrieben hat, und dass der Freistein mein leiblicher Vater ist und das auch für immer bleibt, und dass sie, die Omi, ja auch nichts dafür kann und ganz schön da drunter gelitten hat, und dass sie niemals einen Brief vom Freistein gekriegt hat. Da hat ihr die Kačenka mit dem Brief vor den Augen rumgewedelt, und die Omi hat noch mal von vorne angefangen, und zum Schluss hat sie gesagt: »Gott sei mein Zeuge!«

Dafür hat die Kačenka jetzt geschrien, dass die Omi schlimmer ist als die Kroupová und der Vytlačil zusammen, weil das ja fremde Leute sind, dagegen ist die Omi immerhin ihre Mutter, sie hat ja schon immer gewusst, wie die Omi schlecht über sie redet und wie sie lügt, wo sie geht und steht, aber sie hätte ja doch nicht geahnt, dass es dermaßen schrecklich ist, sie wundert sich, dass der Omi das nicht wenigstens vor dem Pepa peinlich ist, der sich ihr gegenüber immer anständig verhalten hat, und was mit dem Kind ist, das kann davon bis an sein Lebensende ein Trauma behalten, sie konnten sie, die Mami, ja noch nie leiden, und wenn sie schon so lange ohne Kinder gewesen sind, dann hätten sie's auch ruhig weiter aushalten können.

Die beiden haben geschrien und geheult und sich immer im Kreis rumgejagt.

Der Opi und der Papi haben jeder in einem Sessel an dem kleinen Tisch gesessen und ich hab unter dem Tisch gehockt. Jemand von oben, wahrscheinlich der Herr Vejskal, hat mit dem Besen gegen unsere Decke gebumst.

»Kačenka sollte lieber nicht so schreien«, hat der Opi gesagt.

»Das hab ich ihr doch auch gesagt. Du hast ja gehört, was sie mir geantwortet hat«, hat der Pepa gesagt.

»Ich weiß, ich weiß …«, hat der Opi gesagt.

»Du solltest Míla nicht solche Briefe schreiben lassen. Káča ärgert sich und Helenka leidet dann unnötig darunter«, hat der Pepa gesagt. »Das führt doch zu nichts.«

»Ich weiß, ich weiß«, hat der Opi gesagt, »aber glaubst du, sie lässt sich was sagen von mir? Du kennst sie doch.«

»Na ja, ich weiß ja«, hat der Pepa gesagt.

Dann hat's an der Tür geklingelt, draußen stand der Herr Vejskal und sagte, wir sollen uns doch alle, »entschuldigen Sie bitte, Herr Direktor«, verpissen, wenn wir uns nicht anständig benehmen können.

Zum Schluss hat der Pepa dann zur Kačenka gesagt, dass wir doch lieber wieder fahren sollten, und er hat den Pepíček vom Sandkasten geholt. Bevor wir dann abgefahren sind, hat die Kačenka zur Omi und zum Opi gesagt, dass wir nie wieder kommen. Und als wir uns schon die Schuhe angezogen haben, ist der Opi František in den Flur gekommen, mit irgendeinem Zettel in der Hand, und er hat zur Kačenka gesagt, dass er eine Eingabe an den Präsidenten schreibt, damit sie die Kačenka wieder zurück ins Theater nehmen, weil die Kündigung ungerecht ist. Die Kačenka hat laut gelacht und gesagt: »Klar, Papa, auf dein naives, idealetriefendes Gerede ist der Husák bestimmt neugierig. Ich bitte dich, du machst dich doch nur lächerlich!«

Als wir dann im Auto saßen, hab ich gesehn, wie der Opi hinter der Glastür im Hausflur steht mit dem Zettel in der Hand. Er hat sich wahrscheinlich nicht mehr rausgetraut. Ich wollte nicht, aber ich musste heulen und alle haben's gehört. Von da an hab ich so oft geheult, dass ich mich schon richtig dran gewöhnt hab. Ich wollte so sein wie der tapfere Bella Tschau, aber ich bin's nicht, ich bin ein Hosenschisser.

Am meisten hab ich da drüber geheult, was der Kačenka gleich am nächsten Tag passiert ist. Am Sonnabend hat sie noch so getan, wie wenn nix wäre, sie hat uns die Geschenke gegeben, die sie uns aus Prag mitgebracht hat, wir haben Memory gespielt und zum Mittag gab's Schnitzel. Draußen hat's geregnet und ein schrecklicher Wind hat geweht. Wir sind überhaupt nicht rausgegangen.

Nachmittags hat die Kačenka gesagt, sie geht ins Theater und holt ihre Sachen. Sie hat immer noch ihren Platz in der Garderobe gehabt, im Schminktisch ihre Schminke und am Spiegel alle möglichen Bilder, die ich gemalt hab oder die ihr jemand zur Premiere geschenkt hat. Sie hat gesagt, sie will keinen treffen und dass am Sonnabend dort keiner ist. Und sie hat sich angezogen fast wie zu einer Premiere, sie hatte ein Kleid an und das Veloursledersakko aus Bulgarien, sie hat sich angemalt und die neuen Schuhe angezogen, die sie sich aus Prag mitgebracht hat und die mir überhaupt nicht gefallen, weil sie wie der Pferdefuß vom Teufel aussehn. Die Absätze von denen sind furchtbar hoch und eckig, dafür sind sie vorne schrecklich rund, und im Ganzen sind sie ein bisschen gelb, ein bisschen orange und glänzen ganz doll. Der Herr Pecka würde die gleich in die Mülltonne schmeißen, aber die Kačenka bildet sich was da drauf ein.

Sie ist dann also ins Theater gegangen, sie hat versprochen, dass sie nach einer Stunde wiederkommt und dass wir dann alle ins Marionettentheater gehn. Wir haben noch eine Weile Memory gespielt und der Pepa und ich, wir haben uns schon gefreut, weil wir für die Kačenka eine Neuigkeit hatten. Wir haben nämlich gemerkt, dass der Pepíček jetzt endlich »sch« sagen kann. Als ich gegen ihn gewonnen hab, da hat er sich auf den Fußboden geschmissen und hat geschrien: »Das giltet nich, du scheiß Kuh!« Bis jetzt hat er immer »Seiße« gesagt.

Ich und der Pepíček, wir haben die guten Sachen angezogen, die uns die Kačenka hingelegt hat, wir haben das Memory weggeräumt und der Pepa hat das Geschirr abgewaschen, aber die Kačenka ist nicht gekommen. Der Pepa hat gesagt, dass sie sich dort wahrscheinlich mit jemand verquatscht hat, und er hat Fußball angemacht und zu uns gesagt, wir sollen was lesen. Aber dann war der Fußball zu Ende, das Marionettentheater sowieso schon im Eimer, und die Kačenka war immer noch nicht zurück. Da hat der Pepa gesagt, dass wir ihr entgegengehn.

Von uns aus ist's bis zum Theater nur ein winziges Stück, man ist dort, noch bevor der Sandmann zu Ende ist. Die Kačenka haben wir nicht getroffen, und der Pförtner im Theater hat uns gesagt, dass sie gar nicht da gewesen ist. Der Pepa hat uns zu sich in die Garderobe gesetzt und ist vorsichtshalber noch mal durchs ganze Theater gegangen. Der Pförtner ist schon ein alter Mann, der liest seine Zeitung und manchmal schläft er auch. Der Pepa hat aber die Kačenka nicht gefunden. Keiner hat sie gesehn. Da sind wir wieder nach Hause und haben schon angefangen Angst zu kriegen. Der Pepa hat uns ins Bett gelegt. Dann hat er zu mir gesagt, so, dass es der Pepíček nicht hört, dass wir eine Weile allein zu Hause bleiben müssen, dass er noch mal raus muss, die Kačenka suchen, obwohl bestimmt nichts passiert ist, und dass er auf die Schnelle auch nicht weiß, wen er bitten soll, nach uns zu sehn. Ich hab ihm versprochen, dass ich auf alles aufpasse. Ich wollte dem Pepíček ein Märchen erzählen, damit er schön einschläft. Und ich wollte auf den Pepa und die Kačenka warten. Aber wir sind beide eingeschlafen. Ich hab auch nichts geträumt.

Früh bin ich dann in die Küche gekommen und der Pepa hat schon dort gesessen und geraucht. Der Pepa raucht nie zu Hause, höchstens manchmal abends, wenn wir Besuch haben und wenn's eine Feier gibt. Auf einmal ist die Oma Dáša in die Küche gekommen. Die Oma Dáša ist das letzte Mal bei uns gewesen, als die Tante Marta ins Ausland gezogen ist. Die Kačenka ist nirgends gewesen. Mir ist eingefallen, was gestern war, und ich hab einen Schreck gekriegt. Da haben der Papi und die Oma mir erzählt, dass die Kačenka im Krankenhaus ist. Sie ist verletzt, aber es ist bestimmt bald alles wieder gut, und ich bin doch ein vernünftiges Mädchen. Dann ist was mit mir passiert, auf einmal lag ich wieder in meinem Bett und konnte mich an nichts mehr erinnern. Sie mussten mir alles noch mal erklären.

Die Kačenka ist auf dem Weg ins Theater an dem Haus bei uns an der Ecke vorbei, wo ein Gerüst steht. Und als der Wind so geweht hat, ist ein Balken auf die Kačenka gefallen. Nur ein kleiner und nur ein bisschen. Die Kačenka ist aber mit ihrem aufgeschlagenen Kopf in den Dreck gekippt und dort liegen geblieben. Eine Frau, die gerade aus dem Fenster geguckt hat, hat das gesehn. Sie hat ein bisschen gewartet, ob die Kačenka wieder aufsteht, und als sie nicht aufgestanden ist, da hat sie einen Krankenwagen gerufen. Sie haben die Kačenka ins Krankenhaus gebracht und sie ist lebendig, aber wahrscheinlich nicht ganz. Keiner darf jetzt zu ihr. Vielleicht nachmittags.

Der Pepa und die Oma, die haben gesagt, dass alles in Ordnung ist und dass alles bald wieder gut ist, und sie haben alles Mögliche gemacht, wo sie gedacht haben, dass das spaßig ist. Aber ich bin nicht mehr so wie der Pepíček. Ich hab sie lieb und den Pepíček und die Omi Míla und den Opi František auch, aber wenn mir die Kačenka sterben würde, ich weiß nicht …

Aber die Kačenka muss nicht sterben. Nachmittags haben sie den Pepa ins Krankenhaus gelassen und erst dann hat er in Zákopy beim Rat der Gemeinde angerufen. Der Opi und die Omi haben nämlich kein Telefon.

Die Oma Dáša hat einen Strudel gebacken. Sie hat sich im Betrieb frei genommen, damit sie ein paar Tage bei uns bleiben kann. Sie hat uns erzählt, dass sie ihr auf dem Amt erlaubt haben, in die leere Wohnung von der Tante Marta in Vršovice einzuziehn. Sie kann den Onkel Kryštof und die Tante Jana in Vinohrady lassen und endlich alleine wohnen. Bloß, jetzt weiß sie nicht, ob sie dazu eigentlich auch Lust hat. Da wunder ich mich gar nicht, ich würde auch nicht aus dem schönen rosanen Haus raus und woanders hin wollen.

Nachts hab ich geträumt, dass ich durchs Theater lauf und die Kačenka suche. Ich bin von einer Garderobe zur nächsten, ich hab in die Requisitenkammer und in die Schneiderei und in den Ankleideraum geguckt und bin in jedes Klo rein und hab die ganzen Gänge abgeklappert. Weit und breit kein Mensch, und überall war's dunkel. Dann hab ich gesehn, dass die rote Schrift geleuchtet hat: »Ruhe! Probe!« Und auf der Bühne war tatsächlich das Licht an. Ich bin zwischen den Kulissen durch und hab gesehn, dass der Herr Dusil auf der Bühne steht, in einem vornehmen Anzug. Der Zuschauerraum war leer, aber der Herr Dusil hat rezitiert: »Wer hat Euch so zerzaust das dunkle Haar?« Ich bin zu ihm hin und hab ihn gefragt, ob er die Kačenka gesehn hat.

»Seid mir gegrüßt, Komtess!«, hat er gesagt. »Ich warte auch auf sie. Ich hatte schon Sehnsucht nach ihr.«

»Nein, nein, Herr Dusil«, hab ich gesagt. »Bloß nicht! Die Kačenka muss doch nicht sterben, das können Sie mir nicht antun!«

»Es ist eine schwierige Angelegenheit, Helča, man hat niemanden, mit dem man sich unterhalten kann. Willst du einen Si-Si?«

»Ich will keinen Si-Si, ich will meine Mami!«

Aber der Herr Dusil hat mir keine Antwort gegeben, er hat mit beiden Händen Bonbons aus seinen Jackentaschen geholt und sie in die Luft geworfen, und dann ist er langsam in der Versenkung verschwunden.

Am Montag ist der Opi František gekommen und die Oma Dáša ist nach Hause gefahren. Die Omi Míla ist nicht mitgekommen, weil sie ihr nicht gesagt haben, was passiert ist. Ich bin mit dem Opi auf die Heiligenhöhe beten gegangen und auf dem Rückweg haben wir in einer Kneipe eine Suppe gegessen. Der Opi hat mir den Brief vorgelesen, den er an den Präsidenten geschrieben hat, und er hat mir erzählt, dass die Božena Veverková gestorben ist. Das ist die, der die LPGler das Haus vollgestunken haben. Sie hat einen Herzkasper gekriegt und ist in der Küche auf dem Fußboden liegen geblieben. Sie lag da schrecklich lange, und als sie sie endlich gefunden haben, ist von ihr bloß noch die Hälft übrig gewesen. Die andere Hälft haben die Ratten aufgefressen. Der Opi hat aber nicht »Ratten« gesagt, der Opi sagt zu den Ratten immer »Norwegermäuse«.

Dann ist der Opi die Kačenka besuchen gegangen. Ich hab draußen gewartet, vor dem Krankenhaus, weil ich immer noch nicht da rein darf. Es hat geregnet und mir ist kalt gewesen, aber der Opi ist gleich wiedergekommen und er hat gesagt, dass die Kačenka schon wieder völlig in Ordnung ist. Sie war erst furchtbar blass und ihre Augen waren zu und sie hat nicht geredet. Aber als der Opi zu ihr gesagt hat, dass sie sich wieder mit der Omi vertragen soll, da hat sie sich hingesetzt und angefangen zu schrein: »Das fällt mir nicht mal im Traum ein! Du weißt genau, was sie mir angetan hat.«

Und der Opi hat recht gehabt, am Dienstag haben sie die Kačenka nämlich schon wieder nach Hause gelassen.

19

Wie bei uns Blut auf der Treppe gewesen ist

Der Nikolaus und der Knecht Ruprecht waren bei uns und der Pepíček hat wieder geweint. Aber ich hab keine Angst mehr vor denen gehabt. Sie haben überhaupt nicht nach dem heiligen Duft gerochen. Mehr nach Bier und Zigaretten, und bei dem Nikolaus hat der Bart gewackelt, und die beiden sind auch seit letztem Jahr ganz schön klein geworden. Als sie gegangen sind, da hab ich zum Pepa gesagt, dass die wahrscheinlich nicht echt gewesen sind.

»Na jaa«, hat der Pepa gesagt. »Dusil ist gestorben und Luděk Starý ist weggezogen. Da haben wir halt Standa und Jarda gefragt.«

Der Standa und der Jarda, das sind zwei Bühnenarbeiter mit langen Haaren.

»Ich bitte dich, warum sagst du das denn?«, hat sich die Kačenka aufgeregt.

»Ja was denn? Sie sind doch jetzt langsam groß genug«, hat der Pepa gesagt.

Da hab ich gleich auch noch nach dem Christkind gefragt, weil ich sowieso schon gesehn hab, dass die Kačenka im Schrank lauter in Weihnachtspapier eingewickelte Päckchen versteckt hat.

Das gibt's auch nicht. Kein bisschen. Aber dem Pepíček haben wir das nicht gesagt, weil er noch klein ist, und wegen den kleinen Kindern ist das alles erfunden worden. Ich find das ein bisschen doof, aber auch wieder nicht so sehr wie die Kačenka. Die Kačenka ist völlig aus dem Häuschen deswegen. Dabei hätte sie das doch schon längst wissen müssen.

Die Kačenka hat immer noch einen Verband um den Kopf, und wenn wir rausgehn, dann setzt sie ein Barett auf, damit ihre Verbände nicht nass werden. Es regnet pausenlos.

Ich hab die Kačenka gefragt, ob wir wenigstens zu Weihnachten nach Zákopy fahren. Sie hat Nein gesagt. Wir sind zu Weihnachten noch nie woanders gewesen als in Zákopy, ich weiß nicht … Aber Geschenke für die Omi und für den Opi kauft sie. Wenn ich aus der Schule und vom Deutsch oder vom Ballett komme, dann geh ich mit der Kačenka manchmal in die Stadt. Geschenke kaufen und die Dekorationen angucken. Meistens ist's schon dunkel und die Schaufenster sind beleuchtet.

Die Kačenka hat mir einen Hunderter gegeben, damit ich auch für jeden was einkaufen kann. Nächstes Jahr spar ich dann selber. Dem Pepa hab ich einen tollen, breiten Schlips gekauft. Der war ganz schön teuer, er hat achtzehn Kronen und fünfzig Heller gekostet, und jetzt hab ich Angst, dass die restlichen einundachtzig Kronen und fünfzig Heller nicht mehr für die anderen reichen. Aber der ist wirklich super, blaugrün wie die Flossen von den Seejungfrauen, und da drauf sind große orange Blumen und rosane Schmetterlinge. Noch nie hab ich bei jemand so einen Schlips gesehn, ich glaub, dass der Pepa den auch klasse findet. Ich hab ihn ganz alleine eingekauft, ohne die Kačenka, auf dem Heimweg von der Schule. Als die Kačenka ihn gesehn hat, da hat sie vielleicht Augen gemacht!

Für den Opi hab ich zweimal Astra-Rasierklingen gekauft, eine Packung für zwei fünfzig, und eine große Flasche Alpa-Franzbranntwein für fünf fünfzig. Für zehn Kronen ist das eine ganze Menge Geschenke.

Die Kačenka und ich, wir haben auch eine Schallplatte

gekauft, die heißt ›Böhmische Weihnachtsmesse‹, und jedes Mal, wenn wir abends Plätzchen backen, dann hören wir die. Ich kann den Text schon auswendig.

Der Opi František ist zu Besuch gekommen und wir sind zusammen auf die Heiligenhöhe gegangen zu den Krippen. Er hat mir erzählt, dass er jetzt andauernd mit der Omi Geister beschwören muss. Er musste ihr einen Kreis auf ein großes Blatt Papier malen und um den Kreis rum das ganze Alphabet schreiben. In die Mitte rein wird ein Glas gestellt und der Opi und die Omi legen zwei Finger auf das Glas. Dann fragt die Omi: »Teure Seele, bist du hier?« Und sie wartet, ob das Glas anfängt, sich zu bewegen. Wenn es sich bewegt, dann fragt die Omi nach verschiedenen Sachen und das Glas rutscht auf dem Papier rum und schreibt die Antworten.

Ich hab den Opi gefragt, warum die Omi das macht. Der Opi hat gesagt, dass sie gerne wissen will, ob wir zu Weihnachten kommen oder nicht, aber sie hat Angst, die Kačenka zu fragen. Da hätte ich ja mehr Angst, die Geister zu fragen! Der Opi bewegt zwar angeblich das Glas selber, um der Omi eine Freude zu machen, aber trotzdem kommt mir das irgendwie seltsam vor.

Der Opi František hat auch wieder angefangen, auf Arbeit zu gehn. Aber nicht in die Schule zum Unterrichten, sondern er passt nachts auf Sattelschlepper auf. Das sind solche großen Lastautos, die haben einen Kilometer von Zákopy weg ihre Garagen. Neben den Garagen steht noch eine Werkstatt und so ein winziges Häuschen mit einem Büro und einem Klo, sonst nix. Der Opi sitzt die ganze Nacht in dem Häuschen drin und passt auf, dass keine Räuber kommen und die Sattelschlepper klauen. Die Omi will, dass er das macht, damit sie uns ein bisschen Geld geben können, wo die Kačenka jetzt ohne Engagement ist.

Ich hab den Opi gefragt, ob er keine Angst hat, wo er doch

zu der Arbeit am Friedhof vorbei muss. Er hat mir nämlich mal erzählt, dass ein Freund von ihm nachts aus der Kneipe gekommen ist, und weil er im Nachbardorf gewohnt hat, musste er auch am Friedhof vorbei. Es ist ganz finster gewesen, bloß der Mond hat geschienen. Und gerade, als er am Friedhof angekommen ist, hat er so vor sich hin gesagt: »Wie spät es wohl jetzt ist?« Da ist hinter der Friedhofsmauer ein kahler, weißer Kopf aufgetaucht und hat gesagt: »Mitternacht. Genau Mitternacht.« Das war der Totengräber, der dort gerade ein Grab geschaufelt hat, weil's tagsüber viel zu heiß war. Aber das hat der Freund nicht gewusst und er ist die ganze Strecke bis nach Hause gerannt.

»Mir passiert nichts. Was sollte mir denn passieren?«, sagt der Opi František immer. Also, ich weiß 'ne ganze Menge Sachen, die jedem passieren können, aber der Opi, der ist tapfer, oder er kann sich nichts vorstellen.

Was ganz Furchtbares ist gerade eben passiert. Die Kačenka hat in der Zeitung gelesen, dass sie in den Wäldern zwischen der Gemeinde Kačina und dem Wolfstal ein totes, ganz ermordetes Mädchen gefunden haben, und sie haben festgestellt, dass es sich um die achtjährige Hanička Š. von einem Gehöft in der Nähe gehandelt hat. Das ist nicht nur deswegen furchtbar, weil das so schrecklich ist, sondern es ist vor allem deswegen furchtbar, weil das wahrscheinlich das Mädchen ist, das wir manchmal mit zur Schule nehmen. Genau dort haben wir sie immer einsteigen lassen, zwischen Kačina und dem Wolfstal.

Einmal hat sie mir ihre Adresse gegeben, bloß, ich kann sie nicht mehr finden und ich hab vergessen, wie sie eigentlich heißt. Aber wer soll das denn sonst gewesen sein? Die Kačenka hat gesagt, dass wir sie mal lieber nicht mitgenommen hätten, sie hat dann bestimmt gedacht, dass alle Autofahrer so nett sind, und so hat das dann geendet.

Letzte Woche hat unsere Lehrerin Frau Koláčková meine Zeichnung mit für die große Wandzeitung ausgesucht, die in der Schule im Gang gleich am Eingang hängt. Da hab ich mich gefreut. Mir ist auch die Olinka Hlubinová eingefallen, wenn die lebendig wäre, dann wär ihre Zeichnung bestimmt auch mit bei den besten Weihnachtsbildern dabei. Bloß, mein Bild ist dort nicht besonders lange gewesen. Am Freitag haben die Lehrerinnen die Wandzeitung gemacht und am Montag hat mir die Frau Koláčková meine Zeichnung wieder zurückgegeben, sie soll da nicht mehr hingepasst haben. Aber das stimmt nicht, ich hab doch gesehn, dass sie schon mit dran gehangen hat.

Der Kačenka hab ich lieber nichts davon erzählt, weil's bestimmt wieder wegen ihr gewesen ist. Wie vor kurzem das mit der Schulfeier, wo ich ein Gedicht aufsagen sollte, und zum Schluss ist dann doch nix draus geworden. Ich hab gehört, wie die eine Lehrerin zur Frau Koláčková gesagt hat: »Mařenka, die Freisteinová, ist das nicht die Tochter von *dem* Freistein und von *der* Součková? Also ich bitte dich, bloß nicht die, lieber nicht. Damit wir niemand unnötig reizen.« Wahrscheinlich wollten sie jetzt auch wieder niemand unnötig reizen.

Mir doch egal, dem Bella Tschau hätte so was überhaupt nichts ausgemacht. Bloß, die Kačenka ist nicht der Bella Tschau, und als wir die Kroupová und den Košťala und den Novotný und noch andere Leute vom Theater getroffen haben und als die schnell auf die andere Straßenseite sind, da hat sie direkt auf der Straße angefangen zu heulen.

Die Kačenka quält sich rum und ich versuche, lieb zu sein und sie nicht unnötig wütend zu machen. Aber manchmal geht das nicht, weil sie alle möglichen bekloppten Einfälle hat, und sie ist die ganze Zeit genauso dickköpfig wie die Omi Zákopy. Ich hab mich mit ihr gestritten wegen einem

Gedicht. Ich wollte mich gar nicht streiten, ich wollte ihr nur was erklären, aber das ging nicht. Über Weihnachten sollen wir nämlich ein Gedicht auswendig lernen, aber nicht alle das gleiche aus dem Lesebuch, sondern jeder das, was er will. Und dann machen wir eine Rezitationsstunde, wo wir sie alle aufsagen.

Ich hab das der Kačenka erzählt und ich wollte in allen möglichen Büchern nachgucken, was ich so am besten finde. Aber die Kačenka hat gesagt: »Nicht nötig, ich weiß schon, was du aufsagst. Wir brauchen gar nicht erst suchen, hör mal, es ist von Josef Václav Sládek:

Ich bin noch ein junges Mägdelein,
Wie die Birke im Morgenwind.
Dank Mütterchens Sorge hole ich auf,
Was mir jetzt noch fehlt, ganz geschwind.

Der Bursche schlägt die Maie im Wald,
Und der, die ihn liebt inniglich,
Vor Freude das Herz schier zerspringen mag.
Zu jung noch dafür bin ich.

Für so ein junges Mägdelein
Taugt keiner aus fernem Revier.
Doch der mit den blauen Augen bringt
Übers Jahr die Maie mir.

Also, was meinst du? Das ist doch ein schönes Gedicht, oder etwa nicht?«

»Nein, Kačenka, das sag ich nicht auf!«

»Was heißt hier, das sagst du nicht auf? Warum solltest du das nicht aufsagen? Willst du lieber was über Gottwald, oder wie?«

»Das auch wieder nicht, aber ich find das hier nicht besonders.«

»Was heißt hier, du findest das nicht besonders?«

»Na ja, ich weiß auch nicht, das ist irgendwie komisch.«

»Was heißt hier komisch? Wunderschön ist das!«

»Na, das mit dem Mägdelein, ich weiß nicht … Das ist irgendwie zu sehr was ›für Nostalgiker‹.«

»Na ja, Mägdelein eben. Und? Das ist doch schön! Das hat man eben früher so gesagt.«

»Aber jetzt sagt man das nicht mehr, die lachen mich doch alle aus.«

»Warum sollen die dich denn auslachen?«

»Weiß nicht. Darum.«

Mir ist peinlich gewesen, der Kačenka zu sagen, dass was anderes noch schlimmer ist als das mit dem Mägdelein: Was mir jetzt noch fehlt. Was sollen denn da die Jungs denken, was das sein könnte? Bestimmt ein Busen. Ich will nix von irgendeinem Burschen aufsagen. Ach ja.

»Wenn die über solche schönen Gedichte lachen, dann sind die echt dusslig, da kannst du ruhig drauf pfeifen.«

Wie kommt das bloß, dass die Kačenka das nicht kapiert? Drauf pfeifen … Weiß sie denn nicht, wie ich dann gleich wieder dastehe? Ich musste dran denken, dass der Kačenka vor einer Woche der Balken auf den Kopf geknallt ist, da hab ich lieber nix mehr gesagt. Außerdem, bis zum Januar ist's noch ganz schön weit hin, vielleicht vergisst sie's ja wieder.

Im Januar soll beim Ballett eigentlich auch die Premiere von ›Aschenputtel‹ sein, aber ich weiß nicht, ob die stattfindet. Der fremdländische Prinz Sihanuk, der den Prinzen getanzt hat, der kommt nämlich auf einmal nicht mehr und keiner weiß, wo er ist. Deswegen müssen wir noch mal von vorne anfangen, mit einem anderen Prinzen, aber wahrscheinlich schaffen wir das nicht.

Dem Pepíček hab ich ein Spielzeugauto mit einem Schwungrad gekauft und der Kačenka so eine tolle Schachtel, die mit Prinzessinnenstoff ausgelegt ist. Da drin sind drei Vertiefungen, und in den Vertiefungen sind zwei rosane Seifen und ein kleines Kölnischwasser drin, die passen da genau rein. Oben drauf auf der Schachtel steht in schöner Schrift ELIDA. Die Verkäuferin hat gesagt, das Ganze heißt Kassette. Die Kassette hat zweiunddreißig Kronen gekostet und ich hatte fast nichts mehr übrig. Aber der Opi František hat mir einen Zehner dazugegeben, und da konnte ich der Omi Zákopy noch für zwölf Kronen ein super Parfüm kaufen, das heißt »Lebendige Blüten« und da drin schwimmen wirklich auch solche grauen Fusseln rum.

Bei uns zu Besuch ist auch der Prager Opa Brďoch gewesen. Er hat aus seiner Tasche eine große Plastetüte rausgeholt, da ist ein Nikolaus draufgemalt gewesen, und er hat gesagt: »Ja, was haben wir denn da?«, und er hat Bananen und Apfelsinen und eine Ananas da rausgezogen, wie jedes Mal. Dann hat er uns das Jonglieren mit den Apfelsinen vorgemacht und mit dem Bauch gepfiffen, und dann ist er wieder abgefahren. Ach ja, der Kačenka hat er noch Mandeln für die Weihnachtskekse gegeben und dem Pepa ein Paar gebrauchte Schuhe. Ein spaßiger Opa, schade, dass er nicht öfter mal zu uns kommt.

Am Dienstag hab ich der Frau Freimanová Kekse zum Deutsch mitgenommen, die hat mir die Kačenka mitgegeben, das nächste Mal sind nämlich schon Weihnachtsferien, und ich hab mich drauf gefreut, dass mich die Frau Freimanová bestimmt zur Belohnung ihre eigenen Kekse kosten lässt.

Unterwegs bin ich am Schreibwarenladen stehn geblieben, weil sie im Schaufenster mal wieder die großen Filzer hatten und auch die großen Wachsstifte, jede Packung mindestens mit zwanzig Farben. Ich wollte sie zählen, da hat mir auf einmal jemand die Augen zugehalten und gesagt: »He-He-Helenka, grüß dich. Wie geht's denn der Mutti?«

Ich hab einen Schreck gekriegt und den Teller mit den Keksen fallen lassen und alles ist da gelegen. Ein paar sind durch das Metallgitter gerutscht, auf dem ich draufstand, und ein paar sind bloß dreckig geworden. Es ist die Frau Magister Glancová gewesen. Sie wollte wissen, ob sie die Kačenka schon aus dem Krankenhaus entlassen haben, und als ich Ja gesagt hab, da hat sie gemeint, dass nicht alle Tage abends sind, weil man an solchen scheußlichen Verletzungen – Gott behüte – auch noch ein Jahr später sterben kann, einfach so aus heiterem Himmel. Und ich soll die Kačenka herzlich grüßen, hat sie gesagt.

Als sie weg war, hab ich die ganzen Kekse zusammengesammelt, die noch auf dem Fußweg lagen, und ich hab versucht, meine Hand durch das Gitter zu stecken und wenigstens ein bisschen was von da unten rauszuholen. Das hab ich aber nicht geschafft und meine Fäustlinge sind auch noch mit da reingefallen. Ich konnte die Frau Magister Glancová noch nie leiden.

Die Frau Freimanová hat mir die dreckigen Krümel, die Schmuckschleife und die zerknautschte Serviette abgenommen und gesagt, ich soll nicht heulen, so schlimm ist das ja nun auch wieder nicht. Dann hat sie Tee gekocht und ihre sauberen, duftenden Kekse geholt. Sie hat auch eine Kerze angezündet und ein Räucherkerzchen, damit wir's gemütlich haben.

Die Frau Freimanová hat gesagt, dass die Deutschen sich den Weihnachtsbaum ausgedacht haben. Der Weihnachtsbaum und der Dackel oder auch Teckel, das sind die einzigen beiden guten deutschen Erfindungen, hat die Frau Freimanová gesagt.

Am Ende von der Stunde ist mich die Kačenka mit dem Pepíček abholen gekommen. Die Kačenka hat der Frau Freimanová frohe Weihnachten gewünscht und die Frau Freimanová hat sich bei der Kačenka für die ausgezeichneten Kekse bedankt.

Es war schon dunkel und es hat genieselt, aber auf dem Marktplatz sind noch ganz viele Leute rumgelaufen. Es war auch schon ganz schön kalt. Jeden Moment hätte sich der Regen in Schnee verwandeln können. Das wär klasse! Ich hab die Hände in die Taschen gesteckt, unauffällig und schnell, damit die Kačenka nicht mitkriegt, dass ich keine Handschuhe anhab.

In allen Fenstern ist schon Licht gewesen, bloß bei uns nicht. Der Pepa ist in der Sauna gewesen. Die Treppenstufen in unserem Haus waren vollgetropft mit Farbe oder mit Blut. Blut! Das war echtes Blut! Immer ein paar Tropfen, dann eine kleine Pfütze, und dann wieder ein paar Tropfen. Ich hab dran gedacht, dass der Pepa vielleicht gar nicht in die Sauna ist, sondern stattdessen die Kroupová oder den Vytlačil umgebracht hat, weil die ihn auch aus dem Theater rausschmeißen wollen. Aber das war's nicht.

Innen an unserer Tür war an der Klinke ein Hase festgebunden, mit dem Kopf nach unten und hinter dem Ohr hat er ein schwarzes Loch gehabt, aus dem immer noch Blut rausgetropft ist. Auf der Fußmatte stand ein Karton mit Eiern, und ein paar sind ganz rot gewesen wie zu Ostern.

Ich bin wieder runtergerannt, zurück auf die Straße. Ich hab rumgeguckt, und ich hab die Omi Zákopy gesehn, wie sie auf dem Fußweg immer hin- und herläuft. Sie ist ganz begossen gewesen und hat irgendwas vor sich hin geredet, wie jedes Mal, wenn sie sich wirklich aufregt.

20

Wie alles gut ausgegangen ist

Hoch! Hurra! Ahoi! Es lebe die Oma Dáša! Wir ziehn nach Prag! Wenn ich da dran denke, dass ich in einer Woche durch Vršovice spaziere, dann dreht sich bei mir im Kopf alles. Und da red ich noch nicht mal davon, dass ich zum Beispiel die echte Miluška Voborníková treffen könnte. Das kann jetzt ganz leicht passieren! Ich bin so aufgeregt, dass ich die ganze Zeit rumrennen muss.

Ich freu mich auch noch, dass die ermordete Hanička Š. nicht das Mädchen war, das wir immer mit in die Schule nehmen. Da bin ich wirklich erleichtert! Es war das andere Mädchen, das wir nur einmal mit in die Schule genommen haben. Unser Mädchen aus der Teufelsmühle heißt Janička. Ich weiß das jetzt wieder, weil sie mir nämlich zu Weihnachten eine Karte geschrieben hat, und da steht das alles drauf.

Zu Weihnachten sind wir doch nach Zákopy gefahren. Als wir in Ničín los sind, hat die Heiligenhöhe ausgesehn, wie wenn sie brennt. Aber zum Glück haben nur die Türme dort so rot geleuchtet, weil die Sonne untergegangen ist. Es wär schade, wenn die Heiligenhöhe so endet wie der Messepalast, wo das doch das Schönste von Ničín ist. In einer Woche ziehn wir zwar hier weg und ich komm bestimmt nie wieder zurück, aber um die Heiligenhöhe tät's mir trotzdem leid.

Heiligabend ist auch die Oma Dáša nach Zákopy gekommen. Unter dem Weihnachtsbaum lag ein Briefumschlag von ihr, da stand drin, wir können, wenn wir wollen, in die Tante-Marta-Wohnung in Vršovice einziehn. Na klar wollen wir! Die Eltern haben das wahrscheinlich schon vorher gewusst, aber ich musste rausrennen und mich im Schnee wälzen vor Freude. Der Pepíček ist auch mit raus und wir haben furchtbar rumgeschrien.

Bei der Mitternachtsmesse war ich dann ganz heiser, aber ich hab trotzdem mitgesungen und die Kačenka hat gesungen und die Omi Zákopy, und der Opi hat Orgel gespielt, und der Pepa und die Oma Dáša, die sind zu Hause geblieben und haben ferngesehn.

In der Kirche in Zákopy war ein ganz neuer Pfarrer. Ein junger und hübscher, er hat schön gesungen, und er hat dauernd von Käfern und Ameisen und Bienen geredet. Wie in Heimatkunde, bloß wütend. Er hat gesagt, dass wir vorm Jesus Christus bloß mickrige Ameisen sind, die da ohne Verstand rumwimmeln, aber das macht nichts, weil uns der Jesus Christus trotzdem liebt.

Mir ist der Soldat damals beim Sportfest eingefallen, der hat sich auch für die Ameisen interessiert. Als der Pfarrer so rumgeschrien hat, da hab ich geglaubt, dass er vor allem mich anguckt, und ich hab dran gedacht, ob er vielleicht davon erfahren hat, was ich angestellt hab. Mit den Ameisen und auch mit den Schnecken. Da hab ich Schiss gekriegt.

Die Omi hat den Herrn Pfarrer eingeladen, deswegen ist er dann am ersten Feiertag bei uns zum Mittagessen gewesen. Es gab lauter leckere Sachen und es hat so geduftet, dass eine Ameise davon wach geworden ist. Sie ist unter der Zentralheizung vorgekrabbelt und auf den Tisch gucken gekommen, was da los ist. »Na, da schau mal einer an, eine Ameise. Wo kommt die denn her?«, hat der Herr Pfarrer gesagt und die Ameise auf der Tischdecke breitgematscht. Da hab ich gesehn, dass ich vor ihm keine Angst haben brauch.

Ich hab mich schon überall verabschiedet, beim Ballett und beim Bildhauern und beim Deutsch. Die Frau Freimanová hat mir zum Andenken Filzer geschenkt, schon wieder nur die kleinen. Vom Herrn Pecka hab ich Temperafarben gekriegt, das sind so Wasserfarben, die sehn aus wie kleine Zahnpasten, man kann sie durcheinander manschen und es wird nicht Grau draus.

Und ich hab Bilder für sie gemalt. Für den Herrn Pecka den Herrn Pecka und für die Frau Freimanová auch den Herrn Pecka, weil mein Bild von der Frau Freimanová nicht so gut geworden ist.

Der Zdena hab ich die ganze AAP-Schachtel geschenkt, weil ich keine Andenken an Prag mehr brauche. Als ich meine Sachen gepackt hab, da hab ich stattdessen eine neue Schachtel gemacht, EAN. Ich muss mir noch überlegen, was ich da alles reintue.

Der Kačenka haben sie schon den Verband vom Kopf abgenommen, und da hat sie sich gleich die Haare rot gefärbt. Sie sieht jetzt aus wie die Perücke von der Tante Marta. Und überhaupt ist sie nicht so fröhlich, wie ich finde, dass sie sein sollte. Aber das macht nichts, wenn sie erst ein bisschen mit den Rolltreppen fährt und wenn sie sich Bratwürste kaufen kann, dann wird sie bestimmt lustiger. Sie kann dann ins Kino gehn und ins Nationalmuseum oder in den Zoo, und sie kann auch mit der Metro fahren, wenn die fertig ist, und sie braucht nicht die ganze Zeit zu Hause rumsitzen und vor sich hin starren. Jetzt fängt auch gerade die berühmte Matthäi-Kirmes an, hat der Pepa gesagt. Und wenn's uns in Vršovice zu langweilig wird, können wir ja umziehn, zum Beispiel nach Smíchov oder nach Košíře, und wir sind trotzdem immer noch in Prag.

In die Schule geh ich bloß noch so, ohne alles. Ich krieg keine Zensuren mehr und ich hab auch schon die Schulbücher abgegeben. Als ich die Bücher im Buchmagazin zurückgegeben hab, da ist mir so eine »unschöne Geschichte« passiert. Nein, eigentlich eine schreckliche Geschichte. Als ich nämlich gewartet hab, bis die Lehrerin, die sich um die Schulbücher kümmert, alles eingetragen und abgehakt hat, da hab ich mir aus einem Stoß Bücher ein Musikbuch für größere Kinder genommen und ein bisschen drin rumgeblättert.

Und da stand's drin, das Lied vom tapferen Bella Tschau, und es war ganz traurig. Der tapfere Bella Tschau war gar kein Indianer und auch kein Partisan, den Bella Tschau gab's nämlich gar nicht. Er wird auch ganz anders geschrieben und ist bloß ein Kehrreim: *Bella Ciao*, und da stand, dass das Italienisch ist und heißt:»leb wohl, du Schöne«. Das ist noch schlimmer, wie wenn er ein Kommunist gewesen wäre. Zuerst der Knecht Ruprecht und der Nikolaus, dann das Christkind, und jetzt der Bella Tschau. Bloß gut, dass ich endlich umziehe!

Am Donnerstag früh hat dann ganz toll die Sonne geschienen. Auf den Schnee und auf alles andere auch. Da bin ich nachmittags rausgegangen. Zuerst wollte ich zur Heiligenhöhe gehn, aber dann hab ich mir gesagt, dass ich ja, wenn ich auf der Heiligenhöhe stehe, die Heiligenhöhe gar nicht richtig sehn kann, und da bin ich lieber auf den Padák gegangen. Das ist auch ein hoher Berg, aber da ist nichts drauf, nur Wald. Ich hab lieber nicht gesagt, wo ich hinwill. Sie hätten mich vielleicht nicht gehn lassen, oder sie wären mitgekommen, und ich wollte ja alleine raus.

Bloß, als ich oben angekommen bin, da hat dort auf einem Baumstumpf der Herr Doktor Macháček gesessen. Das hat mir nix weiter ausgemacht. Ich wollte ihn fragen, was er da macht, aber er hat als erstes gefragt. Da hab ich gesagt, dass ich mir Ničín von oben angucken will, weil wir am Sonnabend umziehn. Der Herr Macháček wollte wissen, wohin, da hab ich ihm gesagt, dass wir nach Prag ziehn. Er wollte auch noch wissen, warum, da hab ich gesagt, dass ich das nicht weiß. Wahrscheinlich weiß ich's ja, aber ich weiß es nicht genau. Und ich hatte keine Lust, was zu erzählen. Der Herr Macháček hat mich gefragt, ob ich dann Heimweh hab. Ich hab Nein gesagt, und er hat gefragt, warum ich mir denn dann Ničín noch mal angucken will. »Weiß nicht«, hab ich gesagt, aber dann ist mir eingefallen, dass ich die Heiligenhöhe sehn will, und da hab ich ihm das auch gesagt.

»Und warum?«, wollte der Herr Macháček wissen.

Mir ist die Frau Macháčková eingefallen. Dass die überhaupt nicht redet und andauernd was macht. Also hab ich einen Schneeball gemacht und angefangen, ihn auf dem Boden rumzurollen, damit er schön groß wird. Schneemann bauen.

»Und was machen Sie hier?«, hab ich dann gefragt.

»Ich friere hier ein«, hat der Herr Macháček gesagt. »Hoffentlich schaff ich das auch.« Er hat aus seiner Manteltasche eine Flasche Rum rausgeholt und einen Schluck getrunken. Mir ist der Herr Ingenieur Raroch eingefallen, der hat Wein getrunken, und jetzt ist er tot.

»Wie, dass Sie hier erfrieren?«, hab ich gefragt.

»Genau«, hat der Herr Macháček gesagt.

»Wie, dass Sie sterben?«, hab ich gefragt. »Richtig echt?«

»Genau«, hat der Herr Macháček gesagt.

»Und warum?«, hab ich gefragt. Der Herr Macháček hat wieder einen Schluck getrunken und dann ist er aufgestanden und hat mir mit dem Schneemann geholfen. »In Ničín stirbt andauernd wer«, hab ich gesagt. »Die Häuser sind schrecklich eckig und die Kačenka hat pausenlos Probleme. Aber die Heiligenhöhe, die ist schön.«

»In Prag wird das natürlich vollkommen anders«, hat der

Herr Macháček gesagt. »Da gibt's von allem viel, viel mehr.«
Er hat dem Schneemann seine Mütze aufgesetzt und einen
Schluck getrunken, und dann hat er ihm auch noch seinen
Mantel umgehängt.

»Herr Macháček, was ist ein Pathologe?«

»Das ist einer, der in Leichen rumwühlt«, hat der Herr
Macháček gesagt und sich wieder auf den Baumstumpf gesetzt.

»Dann wünsch ich Ihnen hier noch alles Gute, und viele
Grüße an die Kristýna«, hab ich gesagt und bin schnell weggegangen. Immer muss der Herr Macháček seine komischen
Späße machen. Ich hab ganz vergessen, mir die Heiligenhöhe von oben anzugucken, was ich ja eigentlich wollte.

Und am nächsten Tag bin ich lieber nicht noch mal auf den
Padák gegangen. Ich hatte Angst, dass ich den Herrn Macháček wieder dort finde oder seine Leiche. Was ist, wenn er
das ernst gemeint hat? Aber der Herr Macháček ist nicht er-
froren, er ist bloß eingeschlafen und den Hang runtergekul-
lert. Unten haben ihn irgendwelche Leute gefunden und
gerettet. Da hat er wirklich Glück gehabt. Am Freitag haben
alle in Ničín da drüber geredet.

Am Freitag bin ich auch zum letzten Mal in die Schule.
Ich hab mich schon drauf gefreut, dass mir die Frau Koláčková ein Eis am Stiel schenkt wie damals dem Hrůza, als er
in die Hilfsschule ist. Aber ich hab auch Schiss gehabt, weil
die Gedichtstunde sein sollte, und das ›Mägdelein‹ hatte die
Kačenka doch nicht vergessen. Ein anderes Gedicht hab ich
nicht gelernt, weil ich die Kačenka nicht betrügen wollte,
bloß, als ich dran gewesen bin, da konnte ich das ›Mägdelein‹ nicht aufsagen. Ich hab bloß so an der Tafel gestanden
und geguckt und alle haben mich angeschaut. Es ist ganz still
gewesen, und als das schon wer weiß wie lange gedauert hat,
da hab ich gesagt:

Helena Součková: Das Schwein
Ein Schwein sitzt manchmal vor unserer Tür.
Da, guck, es ist schon wieder hier!

Weil mir das gerade eingefallen ist. Alle haben gelacht, und
auch die Frau Koláčková hat gelacht und es ist total klasse gewesen. Wenn ich das ›Mägdelein‹ aufgesagt hätte, dann hätten sie auch gelacht, aber ganz anders. Das merkt man doch.
Es hat auch nichts gemacht, dass ich zum Schluss dann doch
kein Eis am Stiel gekriegt hab. Aber der Kačenka erzähl ich
lieber nix davon, ich weiß nicht, ob das nicht doch Betrug
gewesen ist.

Dann bin ich noch zum letzten Mal ins Theater, den Pepa
abholen und mich verabschieden. Gerade als ich mich mit
dem Pförtner unterhalten hab, hat das Telefon geklingelt.
Der Pförtner hat abgehoben und eine Weile zugehört und
dann hat er gesagt: »Die Frau Součková, die arbeitet nicht
mehr hier, ich könnte ihren Mann für Sie rufen, den Herrn
Brďoch, aber der ist noch auf der Bühne. Da werden Sie so
in einer halben Stunde noch mal anrufen müssen.«

»Wer ist denn das?«, hab ich gefragt.

Der Pförtner hat die Hand auf den Hörer gehalten und hat
zu mir gesagt, dass am anderen Ende das Theater in Šumperk
ist.

»Dann geben Sie mal her, ich klär das«, hab ich gesagt. In
Prag haben wir Telefon, ich muss anfangen, das zu lernen.

»Hallo? Einen Moment, ich gebe Ihnen mal die Tochter
von Frau Součková.«

Der Pförtner hat mir den Hörer gegeben und mir auch
gleich Zettel und Stift hingeschoben.

»Schreib dir alles schön auf«, hat er geflüstert.

Es ist irgendein Herr Vychodil drangewesen, der Direktor
vom Theater in Šumperk in Mähren, und er hat behauptet,

173

dass er für die Kačenka ein Engagement hat und dass sie ihn so bald wie möglich unter der Nummer anrufen soll, die er mir diktiert.

Ich wollte sagen, dass ich das ausrichte, aber dann hab ich mich umgedreht und hinter mir hat die Andrea Kroupová gestanden. Sie ist auch gerade zum Telefonieren gekommen. Da hab ich stattdessen gesagt: »Herr Direktor, ich sag ihr das, aber wahrscheinlich hat das keinen Sinn, weil meine Mutter schon ein Engagement in Prag hat, im Nationaltheater, da wird sie wahrscheinlich nicht zu Ihnen nach Šumperk wollen.«

Wenn das rauskommt, dann schickt die Kačenka mich wahrscheinlich dem Freistein nachträglich zu Weihnachten. Sie darf das auf gar keinen Fall erfahren, wie ich sie kenne, will sie sofort in dieses Šumperk da ziehn. Ich hab den Zettel mit der Telefonnummer lieber gleich in den Müll geschmissen. Aber erst draußen vor dem Theater, damit's keiner sieht.

Zu Hause hat mir die Kačenka ein kleines, flaches Päckchen gegeben. Das hat die Briefträgerin gebracht, es hat ganz toll geduftet und ist nur für mich gewesen. Draußen drauf stand: *Fräulein Helena Freisteinová*, und da drin sind die größten Filzer gewesen, die ich in meinem Leben gesehn hab. Aber es war auch eine Karte dabei, vom Freistein.

»Liebe Helenka, wenn Du so schön malst, dann freust Du Dich sicher über all diese Farben. Frohe Weihnachten wünscht Karel«, hat der Freistein geschrieben.

Ich hab die Filzer genommen und mir den Mantel angezogen und die Pudelmütze aufgesetzt und bin rausgegangen. Vor dem Haus hab ich mich hingekauert und die Filzer einen nach dem anderen in den Gully geschmissen, auch den rosanen und den blaugrünen. Dann hab ich mich auf den Bauch gelegt und ihnen hinterhergeguckt, nach unten durch das

Gitter. Aber ich hab sie nicht mehr gesehn, es war zu tief und es ist schon dunkel geworden.

»Um Gottes willen, was ist denn mit dir los?«, hat die Kačenka einen Schreck gekriegt, als sie mich gesehn hat. »Warum heulst du denn?«

Ich hab auch die neue EAN-Schachtel und alle Sachen da drin weggeschmissen. Ich brauch in Prag doch keine ERINNERUNGEN AN NIČÍN.

P. S. Der Präsident Husák hat dem Opi noch nicht geantwortet, deswegen glaub ich, dass der Opi auch keine Antwort mehr kriegt.

Inhalt